千年铜官窑

朱子的長沙时光

唐樱 著绘

天津出版传媒集团
百花文艺出版社

图书在版编目（CIP）数据

千年铜官窑：木子的长沙时光 / 唐樱著绘. -- 天津：百花文艺出版社，2023.9
ISBN 978-7-5306-8659-1

Ⅰ. ①千… Ⅱ. ①唐… Ⅲ. ①散文集–中国–当代 Ⅳ. ①I267

中国国家版本馆 CIP 数据核字(2023)第 164371 号

千年铜官窑：木子的长沙时光
QIANNIAN TONGGUANYAO：MUZI DE CHANGSHA SHIGUANG
唐 樱 著绘

选题策划：王 欣 **责任编辑：**于静筠
书名题字：曾晓浒 **装帧设计：**云上雅集
出版发行：百花文艺出版社
地址：天津市和平区西康路 35 号 **邮编：**300051
电话传真：+86–22–23332651 （发行部）
+86–22–23332656 （总编室）
+86–22–23332478 （邮购部）
网址：http://www.baihuawenyi.com
印刷：长沙市精宏印务有限公司
开本：710 毫米×1000 毫米 1/16
字数：160 千字
印张：15
版次：2023 年 9 月第 1 版
印次：2023 年 9 月第 1 次印刷
定价：98.00 元

如有印装质量问题，请与长沙市精宏印务有限公司联系调换
地址：长沙市开福区德雅路 1246 号
电话：(0731)85817162
邮编：410003

唐樱

中国作家协会会员

国家一级作家

长沙市文联副主席

长沙市作家协会名誉主席

铜官，土与火的梦想（自序）

木子穿越时空，在唐朝的铜官遇见长沙王李恪、遇见阿拉伯公主阿兰朵、遇见诗人杜甫与音乐人李龟年……

在时间的隧道里，木子感受了湘江古镇群不一样的风土人情，特别是看到了唐朝时期的铜官制陶业的发展，看到了满载着陶瓷的帆船出口远航。

陶瓷是土与火的结晶，窑与火是陶瓷孕育生命的动力。

我多次去铜官，每次读到那些陶片和瓷片，感觉它们一直在湘江边修行，如木子穿越时空看到的一样，春风的微醺，春天的花朵，安静的时光。

当流星划过天际，转瞬一千年已是沧桑。我恨自己生得太晚，来得太迟，而梦中的那一块块陶片，仿若天上的星星眨眼，那长发飘逸的制陶女，更让我无法释怀，无法弃缘。

铜官的陶片和瓷片，镶嵌在弯弯曲曲的道路上，斑驳陆离，仿佛沉淀千年记忆的碎片，又仿佛向我展示远去的岁岁年年。

春天潮润的天空下，看那些堆放在铜官窑博物馆里的陶器，让人的心变得软润。那些被埋在岁月深处的肃穆的陶瓶、瓷碗、画罐、文壶，突然出现在面前，就像一个个久别的朋友一样可亲可爱。可它们是一个个历经千年的长者，它们的厚重、古雅、沉淀、风度，在不动声色中，让人感觉它们的伟大和崇高。它们不是空洞的，也不是虚度而来的，即使它们默不作声，也让人与它们对视间不敢轻慢。

我认真地一件件读过去，那些静气的形体，那些点缀了各种图案的器件，它们安静敦厚地坐着或站着，躺着或跪着，都给人平和的、真实的、协调的感观，给人无限的想象和思考。与它们对话，将人带到久远的时空，历史的深处……

我仿佛看到一幅亘古的图景，人们挖陶泥，搅拌，制坯，晾干，题字，装窑，烧制，庆祝，装船，远行，从未停止的生息。

落叶在空中盘旋，历史在时间中绵延。唯有陶片和瓷片，连接着大地和人世。我赞美它们，用千年的光芒，照耀着人间，引领着人类文明。

那写在陶瓷上的唐诗，是生命与泥土同源的内心独白，更给人以历史与现实的错空交融，奇妙与合理，惊奇与惊叹。有男女相恋两代人的怨恨诗：“君生我未生，我生君已老。君恨我生迟。我恨君生早。”有对爱情的思念：“一别行千里，来时未有期。月中三十日，无夜不相思。”也有妻子对远途丈夫的倾诉：“我有方寸心，无人堪共说。遣风吹却云，言向天边月。”……这些诗，现在读来，还那么亲切、实在、有温度，是什么让这场跨越千年的演绎如此强大？只要血脉相通，情感相恋，即使相距千年，也必然具有强大的向心力……

唐朝时期的长沙铜官，是心能够安静下来的地方。生活浮华而不浮躁，简朴而不简单，陶匠更是静下心来，有时间和精力，有工夫和耐心，将一件陶器制作得如此精致传神。凭那时陶匠的素质和功底，也许他们根本不用打草稿，能在打磨好的陶坯上信手画画，给单纯的陶坯上增加些生动和色彩。这些古老的画像和文字，储存了一个时代的信息和密码，让我们如处千年前的人世间，与千年前的人相遇，看他们三从四德的礼数，听他们劳作后品茗时的笑谈。而这一切，都缘于深埋地下的陶瓷得以保留下来，使那些流失的光景，存活在寂寞的陶器上。

研究铜官窑，我花了十年的时光。我发现，无法用肤浅的文字表述那么深邃的历史。我试图用绘画，用写在陶瓷上的唐诗来表达，那也是一种肤浅的模仿。但尽管如此，我坚定地站在铜官古镇有风、有云、有阳光的高地，创作出这本《千年铜官窑——木子的长沙时光》的文字和图画，让铜官古镇土与火的梦想、让那来自唐朝的千年遥远遗梦，更加灿烂地在大地上绽放……

01

链接>>>

长沙，别称星城，是首批国家历史文化名城，历经三千年城名、城址不变，有屈贾之乡、楚汉名城、潇湘洙泗之称。战国时是楚国在南方的战略要地，曾为汉长沙国国都和南楚国都，历代均为湖南及周边的政治、经济、文化、交通中心。世界考古奇迹马王堆汉墓、四羊方尊、世界上最多的简牍均在长沙，岳麓书院是湖湘大地文化教育的象征，凝练出“经世致用、兼收并蓄”的湖湘文化。

隋开皇九年（589年），隋统一中国，废州郡，行州县二级制，长沙郡改潭州，辖长沙、衡山、益阳、邵阳四县。临湘县改称长沙县，为潭州州治（大业三年隋一度改潭州为长沙郡）。唐武德三年（620年），入唐版图；贞观元年设十道，潭州（天宝元年即742年，潭州改为长沙郡，至德元年十二月十五日即758年1月19日复改为潭州）属江南道，辖长沙、衡山、醴陵（武德四年分长沙县立）、湘乡（武德四年析衡山县置）、益阳、新康（武德四年析益阳设，七年又并入益阳）等六县。开元二十一年分十五道，潭州属江南西道。

穿越茂密的历史丛林，潜入湘江娥皇、女英香魂栖息地——幽蓝轩，游千年的湘江古镇群……这都是木子心神向往的。

长沙朋友的一个电话。木子义无反顾地背起行囊搭乘火车前往叫长沙的城市。时髦前卫的背包客木子却相信灵魂的跟随，她不喜欢坐高铁，怕自己慵懒的灵魂跟不上。感觉还在睡梦中，依稀听见列车员在叫唤旅客换票的声音。木子睁开惺忪的双眼，发现对面铺上的陌生男子倏然不见了，只剩空空的床还有那还散发着温热的被盖。昨晚闲聊的话题还算投机，没有陌生感。仿佛这一切如同一阵莫名的风吹过，没留下一点痕迹……

“到长沙还有多久?”木子问前来换票的列车员。

“半小时左右!”列车员很专业地回答。

半小时。用来干什么呢?

木子的眼神不由自主地朝对面的空铺望去。

这是一个有着怎样文化和生活背景的男人，居然跟生性孤傲的木子搭上话，并有话题的继续，又就在她熟睡时，悄然离开，去了他该去的地方。

散漫但又追求完美的木子有点淡淡的失落感，她双手抱着双膝望着窗外。

窗外是雨的世界，雨使世界变得越来越有层次感！远处景色因为雨而朦朦胧胧，人的视线因为雨而望不远，被雨淋湿的心那是因为忧伤……木子还没看够雨，火车到达了终点站——长沙火车站。人群像开闸的河水流泻出车厢，蔓延到火车站的各个角落。湿润的空气弥漫在人的周围，给人感觉湿漉漉的。

朋友祥麟早早在月台上东张西望了。

木子不疾不慢地走下火车。祥麟有些兴奋地三步并两步迎上去："谢天谢地总算看到活的你了！"

木子看到有大哥模样的祥麟特别亲切，给他一个大大的拥抱："算是补偿！""这一路上诱惑太多，冷不防你中途下车跟别人去了另一个城市也说不准。然后来一个电话说一些不痛不痒的道歉！"祥麟说。

"你还真是哪壶不开提哪壶呀！"木子笑着说。

朋友祥麟说的是实情。随性惯了的她，如果突然心中想要去某地，背起行囊就出发。然后在那儿转上一圈，找不到留下的理由，转头就买回程的票。木子曾多次跟朋友喝茶聊天谈论起这个问题：我们想方设法走出去，是为了再回来吗？

一直没有得到木子想要的答案，也许这个问题本身就没有答案。

祥麟在长沙城古意十足的老街上开了一家书吧兼茶室。一本书、一杯茶或者咖啡，还有一缕温暖的阳光斜照，足够你度过最惬意的时光。木子的世界里除了笔记本电脑、书就是茶了，听说朋友家有好茶，她会半夜来敲你家的门。木子有一手好茶艺，看她沏茶说茶是一种享受，泡茶时的木子特别有民国淑女的范儿。朋友祥麟说是邀她来长沙玩，其实想为她找一份适合的工作，在祥麟的意识里，当今社会靠写作求生存太缺乏安全感了。

“最近手头有几件重要事情要处理，事儿完了带你到长沙城转转!”祥麟说。

木子说：“忙你的！你还怕我在长沙城里弄丢了不成。”

祥麟笑笑，他知道木子喜欢独来独往，享受那份属于自己的自由和幸运。木子喜欢茶不假，但她更喜欢去的地方是酒吧。那里有激情奔放的音乐、有震耳欲聋的欢呼声和此起彼伏的喊叫声。木子打扮好，喊了一辆的士，去了解放西路一家人气比较旺的酒吧。这里是年轻人释放能量、吸收能量的地方。换句话说，这里是一个巨大的能量场：官运亨通或失意、情场得意或失恋、生意兴隆或失利……在这里都能找到相应的能量场。

木子要了一杯咖啡坐在表演大厅旁边的卡座位上，长沙的歌厅、酒吧文化在全国是有影响力的，属于领军行列。来这里的年轻人多半为了各种各样的理由放松自己，身子随着音乐节拍随心所欲地摇晃，释放出去的压力使自己全身心放松，在这里没有人看你的舞姿，每个人只在乎自己的感觉，这里没有约束，只有自由。

此时场上的 DJ（唱片节目主持人）说：“请大家回到自己的座位上去，休息一下，边喝饮料边欣赏长沙满哥表演的《长沙自信歌》！大家鼓掌!”

这时，从 DJ 身边跳出一位打扮十分前卫的帅哥，却首先来了个三百六十度的拱手作揖，就赢得了全场的一阵掌声。之后便开腔了：“长沙的鱼，长沙的菜，长沙的小伙长得帅！长沙的娃，长沙的瓜，长沙的美女人人夸！长沙的河，长沙的桥，长沙风景一条条！长沙的景，长沙的戏，长沙的帅哥讲义气！长沙的酒，长沙的泉，长沙的才子是状元！长沙的土，长沙的田，长沙的男人会赚钱！长沙的水，长沙的鸟，长沙的环境能养老！北京大，上海富，不如长沙的一棵树！宾利车、宝马车，不如长沙的三轮车！……”人们随着节奏站立起来呼应：吆喝着，吹着口哨、尖叫着！仿佛被这首直白的口水歌灌进了满满的自信。木子感觉在这个地方听《长沙自信歌》最合适不过了，酒吧文化、歌厅文化、饮食文化等给城市增添了太多太多的诱惑和魅力。

早春二月的长沙城寒意依旧，这跟北方的冷还不一样，湿冷湿冷的仿佛要穿透到骨子里去，伸手向空中一抓就是一把冷。

木子起了一个大早，来到老街上的一家米粉店。明明是一根根线状的东西，为什么给起了一个没有形状的“粉”字呢？弄不明白，后来问了问了几个朋友依旧没有弄明白。

木子要求老板娘下米粉时不要放辣椒。

老板娘是典型的长沙人形象，一说话一投足，那语气那动作那样子像极了李谷一在花鼓戏里演的能干、要强、辣利的女人形象！

“妹子吔！到长沙来不呷辣椒，哪有么子味哩，剁辣椒好呷，我自己弄的！你就试一下味噻！”

木子点点头，表示愿意试一下，感觉不试一下味，对不住人家似的。

木子突然想起昨天在火车站广场时，抬头看见火车站钟楼上那近似“红辣椒”的雕塑，全国人民都知道湖南人喜欢吃辣，没想到辣椒在湖南人的心目中地位是如此之高，喜欢吃还不过瘾，干脆塑一个雕像，高高地立在中心广场的钟楼上，感觉比时间还高大还珍贵。后来朋友祥麟告诉她，那是火炬，好多第一次来长沙的朋友都误以为是红辣椒。其实，火炬也好，红辣椒也罢，都是一种燃烧的颜色！

木子吃着辣辣的米粉，感觉全身发热，味蕾全被辣味霸占了！

“开始感觉辣，多吃几次就不怕辣了，味道就出来了。”老板娘热情地说。

木子只能点点头，然后跟老板娘要了两根光鲜亮丽的红辣椒。木子把两根红辣椒带回自己的房间，把它放在书桌上。她要跟辣椒建立起感情，幻想以后吃辣椒就不那么辣了。木子近距离地观察这两根红辣椒，这两根尖锐而瘦长的红辣椒像极了两条美腿。木子喜欢观察植物的果实，这些果实总能让她产生一些联想：佛手瓜像极了人握拳的手，西红柿、青瓜、红萝卜、核桃等都类似人的某个部位，原来直立行走的万物之灵的人类是如此依赖土地生长的万物。

辣椒，这个原产于南美洲的物种，明末清初才传入中国。它在全国各地都有种植，人们都在不同程度地吃着它。然而偏偏在三湘大地上种出的辣椒，可以作用于人，可以作用于事。曾国藩，这个嗜辣成性的湘军大帅，辣椒支撑着他的湘军打下了太平天国的都城；湘军将领左宗棠依靠着辣椒率领湘军西征收复新疆；毛泽东这位嗜一生的革命领袖，有句口头禅：“不吃辣椒不革命！”平凡的辣椒在伟人的眼里成了“勇敢、坚强、刚毅”的代名词。

眼前的辣椒在木子的心目中突然变得崇高伟大起来，木子经过多方查证，发现了辣椒在三湘大地上作用于人与事的秘密，它跟湖南人

“心忧天下，敢为人先”“经世致用，坚韧不拔”的精神结合得恰到好处。

木子对自己的研究很自信，她把辣椒放在一本书上，辣椒在她这里有了象征意义，不再仅仅是一样食物了。她需要静下心来，完成某报副刊的专栏文章。这样才能一心一意看长沙！

答应别人的事，木子会很认真地对待，比一般的上班族更称职。木子偶尔感觉自己游离于社会的边缘，无法感知中心地带的人们需要阅读些什么。副刊编辑在电话那头启发她说：“社会中心地带的人们非常想知道你们这些生活在边缘地带人的生活状态和内心世界。”

木子听懂了，他们这类人开始受关注了。木子虽然听懂了，又有些不懂了。生活优越，收入稳定的体制内的人，突然对长年收入不稳定、生活缺乏安全感的边缘人感兴趣了？木子想着想着突然对自己的生活状态没有了兴趣和感觉。她不想把没有意趣的生活告诉那些对生活充满激情和追求的人，于是回绝约稿。

副刊编辑没有办法，降低了标准，游记也可以。木子也退一步，一方面要生活，一方面跟这位编辑也是多年前的朋友，木子觉得自己是生活在深海里的鱼，那里有自己的王国，偶尔游出水面，也是图一个新鲜。

朋友祥麟打来电话说，明天到铜官镇去办事。正好一起到铜官窑看看，木子答应了，她或许可以给副刊写一篇游记。

02

链接>>>

李恪（619—653年），唐太宗李世民第三个儿子，母为隋炀帝之女杨妃。生性刚烈、智勇双全，英武果敢，深得宠爱。两岁时册封长沙郡王；贞观十年（636年），太宗想通过世袭封建、重置封国方式，长久巩固大唐王朝的统治。因此，不顾重臣们的反对，将自己的弟弟和儿子全部世袭封建。

正是在这种背景下，李恪从蜀王改封吴王，并被任命为潭州都督。贞观十一年（637年），拜为都督安随温沔复五州诸军事、安州刺史（治今湖北安陆）。同年末，李恪因弹劾游猎过度、损坏庄稼，被御史柳范弹劾。作为惩罚，李恪被免去安州都督，并削减封户三百户。

这次免官的时间并不长，贞观十二年（638年），李恪又一次被任命为安州都督。将要出发赴任时，太宗写信告诫他："我作为一国的君主，统治百姓；而你因为是我的儿子而地位显赫，让你作为屏藩保卫国家。你要勉励自己不忘父子之道，好好学习河间献王（刘德）、东平宪王（刘苍）的美德。用义来处理政事，用礼来节制欲望，面对歌舞淫乐的诱惑，不得不慎重。这样才能使国家像磐石一样坚固，永远做到宗室连成卫国，外有忠君的美名，内有孝顺的美德。你应该自励自勉，日日长进。你将要离开我的身边，恋恋不舍。想送你些珍贵的玩赏物品，又怕助长你的骄傲与奢侈，所以告诫你这些话，作为父亲的教诲。"或许是这封《诫子书》的作用，李恪学会自我克制，此后史书上未再见李恪因其他过错被罢官免职的记载。不仅如此，李恪敬畏权万纪的刚直而善纳其言，连太宗都啧啧称奇，以为此乃权万纪的一大政绩。

永徽四年（653年），牵连房遗爱谋反之案，为太尉长孙无忌所害，以国公之礼，葬于高阳原。神龙元年（705年），得以平反昭雪，追赠司空，恢复吴王爵位。

“君生我未生，我生君已老。君恨我生迟，我恨君生早。”因为这首写在陶壶上唐诗随铜官窑遗址出土，激起全国人民对铜官窑的向往。

沐浴二月早春清新的阳光，踏着绿茵蓑草，木子兴奋地叫唤：“我来了，铜官窑。”来找寻你昔日的时尚和繁华，找寻你寂寞的心灵与梦想。木子记得曾看过一本有关舜帝南巡的古籍《鉴略妥注》里记载：“舜陶于河滨，而器不苦窳。”《水经注》里也有记载：“铜官山，亦名云母山，土性宜陶；有陶家千余户，沿河而居。”舜帝南巡一路造福于民，见铜官土性宜陶，把制陶技艺传授给当地的人民。在铜官人民的心中一直尊舜帝为陶业的拓蒙祖师，建有舜帝殿、陶祖殿用来祀拜舜帝，几千年以来，代代相传，形成民俗。制陶时或碰到什么困难挫折时都会想到舜帝，到舜帝殿拜拜以求得帮助。木子知道民俗的传说比任何史书记载都要真实可靠。民俗不是一天两天、十年八年就能形成的，不但需要上千年的时间，还要浸透到人的血液和骨髓里，一代一代才能传承。

当流星划过天际，几千年已是一瞬。木子恨自己生得太晚，来得太迟，而梦中的一块块陶片仿若天上的星星眨眼，让她无法释怀，无法弃缘。密密麻麻、重重叠叠的陶瓷碎片镶嵌在道路上，仿佛沉淀的千年记忆，又仿佛向她展示历经的岁岁年年。点点滴滴的汗水融进智慧的藤蔓，开出一朵朵灿烂的花朵。沿着这条延伸了一千年的路，木子走进了铜官的十里陶城。斜坡又长条形的龙窑里熊熊烈火一直在历史的深处燃烧，火与土的浓情，演绎成陶。烧窑的小伙忠诚地守候开窑的秘密，那些精心做出的陶坯，经过火的洗礼，像刚刚出浴的待嫁新娘，木子试着走近抚摸了下。

“别动!”一个声音仿佛从历史的深处传来。木子吓得连忙缩回手护在自己的胸前，环顾四周。发现朋友祥麟也不见了！刚才还是阳光明媚，此时的天空已是月亮的世界。月亮很柔也很亮，除了静，景致跟白天一样。木子感觉自己的身体变得轻盈起来，可以随风任意飘游。微风在旷野轻轻地吹拂着，天空流动着唯一的银河。微风开始变凉，此时的木子由随性变得理性起来，她开始警觉地打量四周，不知自己因何误入此地，是不是自己踩着了大自然的神秘机关，掉进了硕大的时空隧道里？这里除了静还是静，硕大无比的空寂，仿佛人跟蚂蚁无异，渺小得很。突然，远处有一忽明忽暗的火光在闪烁。木子心中生出一缕从没有过的美好希望，她乘着风朝火光奔去，这才发现这里是一片望不到边的窑场，人们在忙碌着，不曾发现木子的到来，视她如空气。用“陶家千余户”来形容制陶场面的规模宏大一点也不为过。这种宏大的制陶场面，木子第一次见到。这时，一个纵马驰骋、英气逼人的男子来到木子的跟前，问：“你是谁？为何来到此地!”

木子也莫名其妙自己为何到了这里，问：“你是谁？为何在这里!”

“我是长沙郡王李恪。”那男子回答。

“长沙郡王李恪?”木子困惑的同时不得不相信他。

站在轻风吹拂里的李恪身披铠甲，整个古代武将的装扮。目光炯炯有神，一股逼人的英气令木子颤抖不已。“你从哪里来？为何如此害怕？”李恪看着装束奇特、身子微微颤抖的木子问。

木子好想告诉他：“你的英气令我发抖！”

木子没想到唐朝的男子是这样魅力四射，真有点把持不住自己了！

“你是长沙郡王，为何不在长沙城里，却全副武装守在铜官，难道有战事不成？”木子问。她开始对这个叫李恪的长沙郡王产生浓厚的兴趣。李恪对这个特殊的女子并不排斥，将她视为宾客，邀请她到自己在铜官的行宫做客。木子生性孤傲淡泊，却第一次被男人迷住了，不假思索，鬼使神差就跟随李恪去了他的行宫。天哪！与其说是行宫，不如说是陶器的展厅：辉煌的大厅被一排排陈列架占据了，架上摆满了各式各样的陶器样品，看得木子眼花缭乱，这种美丽是带有冲击性的，木子感觉这辈子感受美的机会都在此刻用完了，不会再看到比这更美的事物。陶瓷上那似玫瑰花瓣的血红釉下彩，是对女性至高无上的赞美，有关釉下彩的美丽传说，嵌在了所有的陶器上。掀开它的神秘的面纱，触摸色彩传递的信息，陶器上的每一个符号、每一个图案都有翅膀，它们的存在承载着神圣的思考，有对宇宙混沌之处的终极叩问……展厅旁边用半透明帘子隔着一个厅，里面有工艺师在描陶坯。能一眼看穿人性的李恪帮木子掀开了那扇帘，眼前的情景令木子惊呆了：陶艺师全是外国人！令木子无比感慨：长沙王就是长沙王！大手笔呀！隔壁的一个厅全是大唐本土的陶艺师。陶艺师捧着他们生命中的作品，用生命的激情轻吻它滚烫的温柔……

李恪说：“这是大唐的聚宝盆！”

用现代的话说，铜官窑是大唐的经济支柱！木子望着高大英武的李恪感觉自己变得渺小起来。他们边走边聊，来到宽阔辽远的湘江边，江边泊满了商贾官船。

李恪指着江对岸灯火辉煌的地方告诉木子："那个古镇叫靖港，以大将军李靖名字命名。住宿、娱乐都很方便，凡来铜官运货的商人，把商船停靠在铜官港口装货，人到靖港住宿游玩。装载好一船的陶瓷需要大约半个月的时间……"木子突然明白了，开发一个项目带动其他产业发展。这并不是现代人的发明创造，其实也在拾古人牙慧！

李恪提到的靖港。木子想起她看过的一本书叫《前唐书》里面有记载，李恪的父亲秦王李世民跟李靖的关系：李渊占领长安城后，制定约法十二条，废除隋的苛禁，特赦一批囚犯，唯马邑郡丞李靖也在狱中。李渊问李靖犯何罪。李靖仰天长笑："我并没犯罪，闻公举事，无从告变。所以自入囚车，令长官传送江都，以便密告天子。不料到了长安，偏值公来围城，城守末知我计，因将我暂行收监！"李渊听后，不由怒火攻心勃然拍案道："你敢告发我，拉出去正法！"李靖大声呼喊道："公兴义兵，欲平天下暴乱，乃竟以私怨杀壮士吗？"李渊装作没听见，左右手上前拥出李靖，至外行刑！忽有一人前来阻止："杀不得！杀不得！"此人正是秦王李世民。李世民与李靖曾有一面之缘，素知他文武双全，现在朝廷正是用人之际。李世民面见父亲李渊，说："父亲可曾记得韩擒虎遗言吗？擒虎曾说靖将略之才，若收为我用，必能立功。请父亲大人不念旧恶，赦罪授官！"李渊思考了好一会儿，才说："我看他状貌魁奇，将来恐不易驾驭！"

世民说道："儿子自有驾驭的法儿，请父亲大人勿虑！"李渊见世民有如此把握，就答应了。李世民拜别父亲李渊，来到李靖的身边亲自给他松绑，好言好语抚慰，待若上宾。李靖本来对李世民不反感，曾经还有一面之缘，原来李靖本来是京兆人氏，表字药师，是隋初总管韩擒虎的外甥。韩擒虎与他谈兵法，李靖无不通晓，因此李靖在舅舅韩擒虎的眼里是将才……

这时，一群女子拥着一位异域穿着的美女来到他们跟前，又把木子从思绪中拉回了现实，李恪不慌不忙地给木子介绍这位异国风情的美女："这是阿拉伯公主阿兰朵。"木子听懂了，但她不知道如何介绍自己，灵机一动，说："我叫木子，他的朋友。"木子说着指着李恪，阿兰朵公主仿佛听懂了，给木子一个礼节性的拥抱，说着去那边有事情要处理，一阵风似的走了。木子望着阿兰朵公主远去的背影，仿佛有些目瞪口呆。美人呀！这么美的人儿只有在佳丽大赛中才能一睹芳容。站在木子眼前的长沙王李恪，若卸去他厚厚的战袍，定是怀揣唐朝历史和神秘信息孤本的素衣书生。木子开始有些迫不及待地向李恪介绍自己。她告诉李恪，自己是自由撰稿人，靠写作求生存，木子不知道唐朝有没有自由撰稿人，也不知道李恪听没听懂她的介绍。李恪看着江的远处，那神情、那状态、那感觉叫人无法一眼读懂。木子最喜欢读有障碍有难度的书，阅人也是一样，越神秘，越看不懂，越能很快点燃木子阅读的欲望，木子不知道时间老人给了她多少时间来阅读李恪，现代文明的灯光已把地球照得透亮，人类的眼睛也只能用来看东西，已失去发现的功能。因此，神秘、神奇也只是梦境里才出现。木子发现李恪是一个不爱说话的人，他把要说的话隐藏在他的手势里，眼神里，最多的是描在陶瓷上。木子明白李恪的话是融了思想的翅膀才能穿越时空，才能抵达木子的耳膜。这时，一个士兵模样的人前来跪报，木子听不清那士兵说了些什么！李恪转身离开，木子想跟上去，被士兵拦着。望着李恪远去的背影，有种特别的不舍。此时她不知该去哪里，不由朝刚才阿兰朵公主走去的方向望去，心想也许从阿兰朵公主那儿可以了解更多更详细有关李恪的事情。木子朝阿兰朵公主去的方向奔去，这是一片沿江而建的房屋，感觉更像现在的船运集装地。人们来来往往忙碌着，木子观察外国的船只居多，除了英文，其他国家的文字在木子的眼里，都是天书。远处那个美丽熟悉的身影出现在木子的眼前，木子激动了一下。

人是多么奇怪的动物呀！在一个陌生的环境里，哪怕是一点点熟悉的东西都会激动万分。阿兰朵公主在跟一个外国人模样的人交谈着。聪明的木子在远处候着，这时从河岸的远处传来船工号子，号子随着河水波动着，传向远方。木子最喜欢听这化石般的声音。在远古人类还没有产生文字、没有语言的洪荒时代，人们就用咿咿呀呀的歌声来发泄情绪、讲述故事、记录历史。音乐远远早于语言，传递人的情感。抵达心灵的音乐没有国界、没有时间距离，它可以跨越时空，跨越国界，给不同肤色不同语言不同文化背景的人们同样的享受。木子记得自己在大学期间跟爱好音乐的同学组成一个乐队，寒暑假跟同学们奔波于山区草原搜集整理民间的音乐，比音乐学院的学生还要专注还要热情。后来因经费问题以及毕业学业考试，音乐爱好搁浅了，每天奔波于教室、食堂、寝室三点一线的生活，持续到毕业。毕业后，睡到自然醒的日子真是太爽了，一个人吃快餐面、听音乐、看电视、上网……无奈的孤独，习惯孤独，享受孤独。最近有一部很棒的电影《从你的全世界路过》。木子向往，那个在他们的全世界中叫作稻城的地方，那是他们关于爱情的梦，哪怕最终只是路过。在木子的全世界中，现在的铜官就是她的稻城，想与心爱之人泛舟于江上，沉醉于杨柳拂面微风徐徐的美景中。铜官古镇，夜间灯火辉煌，与心爱的人提灯走在桥上，好生浪漫呀！一盏灯、一座城，再找一人，一路的颠沛流离走天涯。

阿兰朵公主不知道什么时候飘然而至，令木子有些恍惚。木子跟阿兰朵说："我是自由撰稿人，想写一篇有关李恪在铜官的文章！"

阿兰朵公主望着木子微笑，示意木子跟她走。木子有些受宠若惊，跟着阿兰朵公主穿过一条形似蛇身的弯弯小路，小路的尽头是一间像宫殿的房子。阿兰朵公主告诉木子这是收藏金银财宝的地方。看着这栋完全由坚固的花岗岩石砌成的宫殿，木子想，这就是传说中的唐朝聚宝盆。根据唐朝武德年间，全国的经济 GDP 比不上隋朝的，当时，北方战乱不断，民不聊生，无法从事经济建设，而南方就成了唐朝经济的供给地，当时，特别是南方的长沙成了整个唐朝的经济支柱。俗称聚宝盆的宫殿就是现在的银行，气派的、两人才能围抱的大圆柱有九根，这九根圆柱支撑着前殿，构成堂皇的柱廊，圆柱上雕刻九条栩栩如生的龙图腾，管理着九方的财运。正殿后壁上的神龛肃立着舜帝像，在阳光的照射下闪烁着粉色、红色和橘色的光芒，层次生动分明，加上衬着黄、白、紫三色纹理，十分神奇，栩栩如生。李恪当然知道，长沙的整个经济来源、龙头产品，就是铜官窑的陶器。陶器由舜帝创造发明。舜帝南巡时带领先民在湘江之畔制陶，当地人们尊称舜帝为陶业祖师。民间有句谚语：烧窑不敬舜，陶瓷不成器！

阿兰朵公主带着木子来到窑场，窑场是不停歇的，陶工们轮流上工，产品供不应求。阿兰朵公主告诉木子，所有出口的陶器，长沙郡王李恪把总代理全权交给她和她的哥哥阿兰图，她说她家在东南亚各个国家都有销售点。木子明白了，铜官窑烧出的陶瓷是赚外汇的！阿兰朵公主告诉木子，说李恪是一个非常睿智勇敢的男人，她很喜欢他，她在等父王的信，信一到，李恪就会娶她为妻。木子不明白阿兰朵为什么跟她说这些，但有一点可以肯定，阿兰朵公主很爱李恪！

阿兰朵公主说，李恪需要创造很多的财富帮助唐朝稳定江山。她会尽最大的努力帮助他……

木子想，公主跟平凡的女孩一样也需要追求爱情的勇气，也可以为爱情付出所有。在木子阅读和听闻形成的概念里，认为爱情之美，美在虚幻；虚幻之美，则取决于想象。每个女孩都会想象和梦想心中的白马王子。爱情若没有想象作底色，就会跟油盐柴米酱醋茶挂上钩。

木子跟阿兰朵来到黄昏的湘江边上，雾气弥漫开来，望望天空密布的星星，心情是爽朗的，唐朝的天空没有雾霾，木子有些弄不明白自己现在所处的唐朝是什么季节，有些像春夏之交，漫山遍野翠绿的叶子布满了整个树林和灌木丛，枝枝丫丫，薄雾轻曳，在月光下恰到好处地得到了衬托和美化，白雾茫茫而不掩树的苍郁本色。满江错落泊岸的船只，随着江水的波浪摇晃着，江水拍岸的声音不绝于耳。远处若隐若现的古寺，愈发显得圣洁静穆。隐藏在远处的山路，这里那里，望不到来路，木子突然记起了一句话：一切都是命运的安排。

从你的全世界路过，载着一江的甜蜜，远航天涯，去开拓海上陶瓷之路。

这是一片神奇的土地，这里的泥土充满磁性，晶莹剔透。她肥沃，能使庄稼结出累累硕果；她温柔，却能挺起坚毅的脊梁。

这里有一双双智慧的双手，能将平面塑造成立体，能将散漫凝聚成形状，能将岁月定格为一首激情澎湃的诗。

铜官窑，传承文化和梦想。

那些制作完美的陶瓷土坯，鳞次栉比地摆放在草棚里，像是等待出发的士兵。陶匠将它们涂抹化妆后再施上神秘釉下彩，让它们变得坚韧美丽，让它们变得辉煌灿烂。陶匠总是小心翼翼地对待每一件作品，像慈母育儿一样辛劳细致。还有那些诗意的文字和符号，像是画龙点睛，一瞬间让一抔泥土鲜活永恒。伟大的文学家悲悯的情怀和理想，往往还要在漫长的征战和沉重的代价之后，才能被世人觉知。

生命是一个过程。诞生是痛苦，是幸福，是脱胎换骨。深藏在长长龙窑里的每一个生命都必须完成浴火重生的涅槃，都要进行生与死、坚持与放弃的考验。都会承受时间的等待，都会忍受炼狱的煎熬。当时间之窗打开，历经痛苦的选择后，收获的是精品，摒弃的是碎片。生命完成一个轮回，在阳光下闪耀……

站在出土的陶瓷展厅里，面对一个个肃穆的陶瓶瓷碗和画罐文壶，像面对一个个修行千年的得道高人，木子感到自己十分的幼稚、渺小。这些神秘釉下彩陶瓷发源地遗存下来的文化艺术精品是那样安详平和，高贵典雅。它们见证了一千年的历史变迁，包容了一千年的兴衰荣辱，也凝聚了铜官千万劳动人民的心血汗水。看着它们，木子的心灵在颤动，前世的木子也许是一个勤劳的陶工，用纤细精巧的双手打磨过那些淳朴的泥坯，刻画过那些精美的图画，镌刻过那些意境深远的爱情文字，“君生我未生，我生君已老。君恨我生迟，我恨君生早”。铜官窑，也许你是木子前世理不清的情缘。今天，木子来赴会是与你前世的约定。

在荒芜的杂草里，木子捡起一片褐色的陶片。擦干净，放在手上，木子感到沉甸甸的。恍惚中，她的耳边响起了一串串神秘的音符，流畅清脆余音绕梁，那声音来自遥远的时间隧道。

铜官窑既是历史的，又是现实的；既是民族的，又是世界的。铜官窑永远是民族文化遗产中的一个巨大的感叹号！

木子随着阿兰朵公主穿过长长的窑场小道，两边的树林有遮天蔽日之感，仿佛穿越在一个无法自拔的时空里。边走边聊，也不知走了多久才走出树林，走出树林的那一瞬间，眼前豁然开朗，木子看到了一湖泱泱之水，连向天边，金色的阳光洒在湖面，波光粼粼。船只穿梭往来，一派生机勃勃景象。西边的云彩被落日染上血色，湖面微风徐徐，渔家渐渐归航，夜色撩人，星河璀璨。她们确实在一座历史文化名城创造着历史。阿兰朵说起她的祖国和她生活的城市。全世界的人类不管是白种人、黄种人，黑种人等都有一个共同的天性：若身处异国他乡，最最亲切的莫过于自己的祖国和家乡，阿兰朵说她最喜欢的城市佩特拉。木子曾经看过那座城市的故事，它是阿拉伯南部的一座历史古城，通常被认为是纳巴特王国亚里达王四世时期的首都。

佩特拉到底是在什么时期建造的，木子没有查到过资料，据说也并没有定论，但根据其中陵墓半埃及半希腊的样式估计，那座城市应始建于公元前 3 世纪到公元前 2 世纪之间，很可能是托勒密王朝时期。随着托勒密王朝和塞琉古王国的衰弱，纳巴特王国开始兴盛。约公元 106 年，纳巴特王国被罗马军队攻陷，佩特拉沦为强大的罗马帝国的一个行省。3 世纪时，由于萨珊波斯帝国的崛起和红海海上贸易的兴盛，作为陆路交通要塞的佩特拉渐渐衰落。其间又先后被亚述、巴比伦、波斯和马其顿统治，7 世纪被阿拉伯军队征服时。木子知道的佩特拉是 11 世纪建立的耶路撒冷王国统治的，16 世纪归属奥斯曼帝国。第一次世界大战后由英国代国际联盟管理。1946 年约旦宣布独立，1950 年约旦河东西岸合并成为约旦哈希姆王国至今。然而，这些都是后来了，阿兰朵公主不会知道。历史的过往及前世今生，除了令人惊叹，更多的是对未来的变数无法清晰的认知。

阿兰朵公主说，前往佩特拉沿途几乎在沙漠中行走，很少有像样的植被，只有一些零星的绿点。走近或快要到达佩特拉时绿色才开始映入眼帘，树木也慢慢多起来……阿兰朵告诉木子，佩特拉一词源于希腊文“岩石”，城市靠近摩西河谷，圣经《旧约全书》中对该城也有所描述。阿拉伯传统普遍认为，摩西出埃及后，“点石出水”的地方就是佩特拉。因为航海事业的兴起，佩特拉这座城市慢慢变成废墟，木子想象着，那时的阿兰朵公主，曾经赤足走过石板路，裙裾飘飘，环佩叮当，可她如何能想到，很多很多年以后，宫殿毁塌，繁华落尽，只是当年她坐过的门槛，偶尔还有多情女子坐在上面想些什么……为了配合阿兰朵公主的话题，木子说自己喜欢的城市是北京。北京，对于木子来说也不是说走就走的旅行。北京，需要一定的人生阅历、一定的精神储备、一定的历史情结，才有足够的勇气去朝圣。北京，需要一个合适的时间、合适的年纪。木子的“合适”诞生在了一个求学的季节里，她跌入了光芒耀眼的北京时光。有关北京王朝的历史，历史的厚重、建筑的精美难以言喻。在去北京之前，了解北京只能从《新闻联播》里看到的庄重巍峨的天安门。天安门是北京的标志，到了北京不跟天安门合影，等于白去了，不算去过。木子曾经走进富丽典雅的故宫，这里每一块沉默的石头，瞬间活泛，向木子娓娓道来，皇朝的故事，以及皇帝的故事。在故宫里，木子最喜欢的是镇脊兽。去过故宫的人，一定听导游说过：一个建筑上的镇脊兽越多，这个建筑就越牛，而金銮殿（即太和殿）上的镇脊兽有十个，是最牛的。

这十个镇脊兽是些什么动物组成的，所有故宫导游都会背诵：一龙二凤三狮子，天马海马六狻猊，押鱼獬豸九斗牛，最后行什像个猴！这个顺序是《大清会典》上写着的。可太和殿上镇脊兽的实际顺序应该是：一龙二凤三狮子，海马天马六押鱼，狻猊獬豸九斗牛，最后行什像个猴。也许是后来修补的泥砖师傅没有把天马和海马、押鱼和狻猊区分开来。天马和海马的重要区别是天马有翅膀，押鱼和狻猊的重要区别是押鱼有鱼鳞鱼尾。说完顺序，再补充点别的信息——你知道狻猊、獬豸、行什怎么念吗？狻猊读作 suān ní，其实这东西你十有八九见过，传说它是龙生九子之一，喜烟火，香炉上像狮子那个就是。獬豸读作 xiè zhì，这东西你也可能见过，传说它能明是非、辨忠奸，自古就是司法公正的象征，法院前面那个独角兽就是。至于行什读作 háng shí，喂，你不会是排在第十所以叫行什吧？阿兰朵冲着木子笑笑！木子管她阿兰朵公主听懂没听懂，她也管不了啦！阿兰朵应该知道“镇脊兽”是什么了，因为在铜官废弃的陶片碎瓦里有许多残缺镇脊兽！这时，一个阿拉伯装扮的男子过来了，阿兰朵忙把他介绍给木子：“这是我哥哥阿兰图！”木子礼节性地朝阿兰图王子微笑点头示意。木子心想，在此前若没有见到李恪，一定会对阿兰图王子有感觉：不错的沙漠雄鹰。阿兰朵又把木子介绍给阿兰图：“这是李王的朋友，自由撰稿人！”阿兰图有些困惑“自由撰稿人”这五个字。阿兰图用自己的语言问阿兰朵。阿兰朵耸耸肩膀表示无可奉告，阿兰图王子礼节性地给木子一个拥抱，便跟她们道了别。

如果阿兰朵公主令木子惊叹，长沙王李恪令木子神往，那红透半边天的条条龙窑，则令木子震撼和困惑。有些地方去过，也就去过了，有些地方，去过了，却印刻心底，铜官窑如是；有的人见过，也就见过了，有的人见过了，却永远忘不了，长沙王李恪和阿拉伯公主阿兰朵如是。

每个人都是这个世界的过客，而铜官，木子感觉成了她生命中的一部分，不可割舍。密林里，散落倒塌的石块，被树枝缠绕着的浮雕，阳光洒下的斑斑驳驳，弥漫着神秘气息的崩密列，大一点声音都怕惊扰，也许还舍不得离开的魂灵。木子想，一定有一个人在这个世界上找寻她，她把这人幻想成了李恪，用泪盈盈的目光释解遇见李恪的秘密。被幻想砸疼自己脚的石头，不只是木子有，其实每一个人都有一块，疼，一瞬间的美好，穿过心脏。这时的木子好生羡慕阿兰朵公主，对李恪的爱是那么的实实在在，但木子相信自己对李恪的爱已经超过阿兰朵公主对李恪的爱。木子曾经也谈过恋爱，心疼的感觉不曾有过，最多的是一个人无聊了打电话过去问一句：“在干吗呢?”

木子和阿兰朵公主坐在亭子里梦幻般的场景像极了童话故事。这间幽静的亭子可以守望远帆和天空……这时，田园的小路上响起了一阵银铃般的笑声，一群身着白衣、戴着面纱的姑娘在采摘路边的凤仙花染指甲，她们在比谁染得更好看。木子有些不可思议，都大姑娘了还在玩幼儿园小女孩玩的花样。跟阿兰朵公主聊过后木子才知道，用凤仙花染指甲很久以前是阿拉伯女人的专属。中国的大地上，在汉朝以前是没有凤仙花的。汉武帝时，张骞出使西域，与西域各国（阿拉伯也在内）建立了联系，从此，互相往来，凤仙花也随爱美的阿拉伯女人传入中国。凤仙花的阿拉伯名为“海葫”。木子很小时候看过一本书，叫《癸辛杂识》，书里记载：“凤仙花，红者，捣碎，入明矾少许在内，先洗净指甲，然后以此付甲上，用片帛缠定过夜。初染，色淡，连染三五次，其色若胭脂，洗涤不去。可经旬，直至退甲，方渐去之。或云此亦守宫之法，非也。今回回妇女多喜此。”难怪这儿的田间地头，墙院菜地到处长满了惹人喜爱的凤仙花。没过多久，阿兰图回来接走了阿兰朵，整个亭子变得格外的清冷和寂静。“你是否需要帮助?”突然，一个声音在木子耳边响起，木子吓了一大跳。但今天的奇遇已经让她能够迅速地冷静下来，木子回答那个声音，说自己想要再见李恪一面，那个声音仿佛有些迟疑随后说道：“长沙王正忙大事，我陪你在这儿聊聊天！”木子觉得这样也挺好的，那个声音跟她聊起了许多李恪的事情……

03

链接>>>

铜官，位于长沙市望城区北境的湘江东岸，自唐代起，铜官又称陶都，历来以陶瓷闻名于世，早在一千三百多年前的隋末唐初，铜官镇便出现了大型的窑场，即仍保存完整的“长沙铜官窑”。这里是世界陶瓷釉下多彩发源地，被誉为陶瓷史上的里程碑，其产品在当时畅销 29 个国家和地区。千年窑火一直未断，开世界釉下多彩先河，创新诗词书画于瓷器装饰，融入外国文化，开辟了“海上陶瓷之路”，产品畅销 29 个国家和地区，为釉下彩发源地，是全国五大陶都之一。长沙窑是唐五代时期重要的商业性瓷窑，以外销为主、内销为辅。它是纯粹的民窑，烧造产品大多不属于名贵品种，实用性强，价格低廉。长沙窑是中国陶瓷史上第一个以生产彩绘瓷器为主的瓷窑，彩绘瓷器所占比例几乎达到了一半。其纹饰题材新颖、色彩丰富，因而在海外尤其是西亚地区广受欢迎。长沙窑的装饰是釉下彩，即先彩绘、再施釉。彩绘以褐彩、绿彩为主，以常见的氧化铁和氧化铜为着色剂。红彩（红釉）则很是少见，因为其主要着色剂是高温下还原的铜，而高温铜红的烧制对烧成气氛、温度范围、冷却速率等均有严格的控制要求，难度很高，故而成品数量稀少。“黑石号”出水的长沙窑瓷器多达 56500 余件，且基本涵盖整个唐代长沙窑的大多数品种。釉色包括青釉、酱釉、绿釉、白釉、红釉，彩绘包括褐彩、绿彩、红彩。特别是其中的红釉、红彩品种殊为珍贵，在国内考古发掘和保存物品中也十分少见。“黑石号”长沙窑产品数量之多、品种之全，堪称长沙窑瓷器水下博物馆。

早早起床不合木子的生活方式，可她今天起了一个大早，弄得朋友祥麟有些不习惯。木子想看看太阳的形状，中午的太阳太耀眼不合适。5 点起床似乎也太早了点，木子简单地洗漱完后，让祥麟带她到湘江边上看日出。

当初升的太阳从山峦后升起，阳光洒一江的金黄。金黄的江面早已停靠着南来北往的船只，艄公在清洗着自己的船只，偶尔也与邻边的船公扯着嗓子说话，河风太大，话传到对方的耳朵里时，断断续续。自古以来，人类总喜欢住在两种地方：水边和山间。日夜流淌，永不停留的河流给人无限的遐想，人的梦想随河流源远流长，河流还可以载着人的梦想到远方；雄伟挺拔的大山则使人感到安全和可靠。在大山的怀抱之中，人们造房种地，躲避外界敌意的侵入。但无论是河还是山，人其实活在自己一厢情愿之中。河汛来时，山洪暴发，对人类造成的灾难的伤痛罄竹难书。木子本想告诉祥麟她遇见李恪的事，等见到祥麟本人时就无法开口了。木子不知道自己为什么开不了口，既然开不了口就不开好了，免得费神费力去解释半天别人也不一定能理解的尴尬。

“被河风吹的感觉真好!”木子伸开双臂像拥抱河风的样子。

“河风吹老少年人。”祥麟说。

“河风吹老少年人，”木子说，“这句话是说，常被河风吹的人见多识广自然就老成!”

“呵呵！听你这么说，被河风吹是件好事！”

“那当然，你看铜官这地方依偎在湘江之滨，被河风吹了上千年，才有这么厚重的历史文化遗产铜官窑。”

祥麟点点头，表示认同。

大约是因为遇见过李恪，木子开始查找有关铜官的点点滴滴。关于铜官的名称由来，有好几种传说，而且每种传说，都能在史料中找到一些印证。

其中之一，是说此地曾是五代楚王马殷铸钱的地方。

相传五代十国时期，后梁太祖朱温在907年封马殷为楚王，封地湖南及周边广西、广东的大部地区。马楚王治理有方，人民生活安康，有“土地既广，息民礼士，湖南遂安”的美誉。物资交易时因为货币的不足，很不方便。马楚王为了制造发行货币，派儿子马希生带一队有着制造技术的人悄悄地来到这个后来叫铜官的地方，垒土筑墙，与外界隔绝，墙外有士兵把守。到后来货币发行，人们携带货币比携带物资去买卖交换方便得多。知道铜钱是马希生带人铸造出来的，就称铸铜钱的马希生为铜官。家里若有个大手大脚花钱的后生，大人们就说：“我喊应你哩！莫把父母当铸钱的铜官搞啰！”久而久之，铜官在人们的日常生活中成了不可或缺的一部分。“铜官”成了创造财富的代名词！

还有一个传说，也有古籍记载：“三国时，孙、刘拒曹，程普与关羽谋，共铸铜棺以为誓。”简短的二十个字经千年传递到现在，每个字包含的信息量就无法估量了。木子觉得每个人从古人那里得到的信息量跟自己的学习程度、思想高度成正比，祥麟赞同木子的说法，他告诉木子铜官第三种传说，也跟关羽有关系。木子要祥麟说来听听，祥麟第一次在木子面前有种小小的优越感，他清了清嗓子刚想开口，木子看着祥麟那认真的样子忍不住“扑哧”一声笑了起来，“又不是让你作报告，那么严肃干什么！”祥麟感觉十分冤枉，木子看着祥麟一脸的委屈，说道：“说吧！我等着听呢！”祥麟想了一下，说了起来，相传关羽大战幽州时，被敌方的箭射中，带着箭伤继续杀敌，击退敌方后，因失血过多，跌下马，几度昏厥，手下的兵不知所措，有个士兵看将军这样就失声痛哭起来，男子的哭声传到一位年过半百的妇人耳朵里。男儿有泪不轻弹，男人可以流血但不能流泪！肯定碰到特别伤心的事了，老妇人走上前去，见一群士兵围着一个奄奄一息将军模样的人。老妇人一看是流血过多，忙从自己的布包里拿出一把名叫“血见愁”的草药，为关羽敷治伤口。当关羽醒来后得知一切，忙派人骑马追寻老妇人，接回营地。为答谢救命之恩，认老妇人为义母。后来，关羽大战长沙告捷，派人接义母前来分享胜利喜悦。当时正值伏天，疫病流行，再加上舟车劳顿，义母水土不服，身染重病，不久离世，这使关羽万分内疚，痛苦不已，为保义母之躯不朽，找匠人特铸一口铜棺，将义母安葬在石渚湖畔。从此，该地叫“铜棺”，后来人因忌讳“棺”字，将“棺”改成“官”，故称“铜官”。

祥麟一口气说完，木子听入迷了，说：“你可以写小说了！”

祥麟说：“你别寒碜我好吧！”木子突然发觉这几个传说有一个共同点：铜官这个地方很富有。不是用来造钱就是用来打造铜棺。打造一口铜棺需要多少铜呀！木子明白了李恪为什么选择铜官这个地方来进行经济建设，这里是有经济基础的。这样才能为唐朝源源不断地输送钱财，确保大唐江山的稳固。木子知道：尘世间的荣华富贵、恩怨情仇，最终都归于尘土。人世间万户千家的有情众生，依旧乐此不疲地谈论传颂着他们。铜官这块土地，在历史的烽烟战尘之中，穿梭着那些层出不穷的脊梁和背影。那滔滔北去的湘江和那古窑砖瓦见证着李恪他们在铜官的艰辛和作为。“铜官”这个名字还使木子想起了印加人在安第斯山脉建立的一个叫作神谷（sacred valley）的家园。祥麟对木子的跳跃性思维有些无语。木子说：“想不通吧！我一说你就明白了！古印加人喜欢依山造梯田，而且越高越好。高处的梯田不容易受到山洪的袭击，高处温度低，植物保存时间长，而且离他们心目中的太阳神更近。铜官人喜欢住在水边，万物都离不开水，水里有丰富的自然资源。俗话说：靠山吃山，靠水吃水。木子也知道，唐朝时期水路是主要的交通要道。潜藏的财富和水上交通的便利使得铜官富可敌国，当时北边战争不断，战乱中人们保命要紧，谁还敢用生命为代价来从事农业生产？因此，长沙王李恪所在的湖湘成了整个唐朝财富的主要来源，也是唐王朝经济最发达的地区，成为唐朝的经济支柱，整个湘江边的古镇都是李恪发展的重要之地。木子自己的推测应该不差多少。木子特别相信自己的第六感，自己的第六感不是凭空想象的，是在丰富的历史知识上归纳总结出来的。木子想把铜官整个的古村落、古镇以及山山水水翻看一遍，也许会在铜官某处时光凝固的地方找到李恪的气息，她的身心完全被隔着时空的李恪俘虏了！祥麟被木子的想法吓到了："我的大小姐，这是一个多么大的工程呀！我是没时间，我联系当地的文化部门派一个懂铜官历史文化的人陪你把铜官翻一遍！"木子一听高兴得跳了起来："你太善解人意了，够朋友！"祥麟苦笑了一下："我没办法陪你任性，我可以满足你的任性呀！""你是最称职的暖男，给你一个大大的赞！"

"我这就给你联系！"受到鼓励的祥麟说着就掏出手机走到一边去了。这时，木子感觉有些饿了，就想到古镇去尝尝铜官的特色小吃。大约过了十分钟的样子，祥麟一脸的喜悦朝木子做了一个胜利的动作。木子知道在长沙这片区域没有祥麟搞不定的事情。"陪你游铜官的专家要明天早上到，今天你就自由活动，长沙那边来了一个电话，我得赶回长沙去！"

木子说："这个没问题！但你陪我吃早餐的时间应该有吧！"

"是啊！我也感觉有些饿了！"祥麟呵呵笑着说，"到镇上吃铜官的小吃！"

十五分钟的步行就到了古镇的老街上，老街两边的商铺林立，一半的商铺主打商品是陶瓷，另一半都是日常生活中的应用品。人们以各种方式经营着自己的生意。木子跟祥麟直奔一个小吃店，祥麟也不知道这里哪一家东西好吃。客人多的店子，好吃是肯定错不了。他们选择了一家客人比较集中的小吃店。在一个空桌上坐下，一位媳妇模样的女子端来两杯豆子芝麻茶，并询问他俩吃什么。木子要了一碗甜酒冲鸡蛋，两个葱油饼，祥麟要了一碗馄饨。木子发觉这个店是一家人开的，八十多岁的老奶奶在包着馄饨，动作还挺娴熟的，老爷爷的腿脚似乎有些不方便，拄着拐杖坐在老奶奶身旁时不时地招呼着来店里的客人。木子向来店里吃早餐的当地人了解到，这是一家老店，老爷爷和老奶奶年轻就在镇上开饮食店，每人都会一两样拿手菜。他俩的口碑也非常好，人们都喜欢来这儿用餐。木子第一次喝着豆子芝麻茶，她一边喝一边透过玻璃杯看着里面的内容。祥麟告诉木子："豆子芝麻茶是铜官镇的人们用来招待客人的一道礼节茶，又称'铜官茶'。"

木子说："这个茶好喝，我要学会，回去后招待朋友！"

祥麟说："这茶看起来容易做起来难，若要做出恰到好处的味道来，更是难上加难！"木子白了祥麟一眼，心里不服。端着铜官茶走到闲着的老爷爷跟前甜甜地说："老爷爷好！您能告诉我这铜官茶的做法吗？"阅人无数的老爷爷一看木子，知道她外地来的，很高兴地说："这茶制作容易，但制作好不容易。制作环节很简单，但炒豆子、炒芝麻，一定掌握火候，做到熟而不焦。茶叶要以鲜绿细嫩为宜。煎茶时，先把老姜洗净晾干再捣碎，加适量的盐，然后放豆子、芝麻、茶叶，用滚开的水一泡，就可以了，很简单的！"老爷爷像老师教小学生一般认真，木子听后似懂非懂地表示感谢，老爷爷很有成就感，说："姑娘！你的甜酒冲鸡蛋和葱油饼上桌了，趁热吃吧！"木子回到桌上，开吃。祥麟说："学会了？"木子说："这个功课以后再议。"说完埋头喝甜酒。木子突然想到，长沙王李恪会不会来这古街上吃早餐，来的话又会是在哪一家？假设他来的就是这一家，也是先喝铜官茶，然后点甜酒冲鸡蛋，再来两个葱油饼。木子想着，嘴里的甜酒差点喷到对面祥麟的碗里。祥麟看着止不住笑的木子说："又想起什么了？"

"没什么！没什么！"木子摆摆手。

“没什么就好。”祥麟笑着摇摇头。

“请问铜官本地人最喜欢吃什么?”木子问。

仿佛她的肚子里装着十万个为什么。祥麟想了想，刚要开口，被木子止住了，“我问铜官古镇本地人比较靠谱!”于是起身走到老爷爷跟前：“老爷爷好！我再问您一个问题!”

老爷爷感觉好久没这样受尊重了似的，乐得脸上结成了一朵花，忙应着说，“你问！你问!”

“铜官本地人最喜欢吃什么?”

老爷爷一听如释重负，以为这姑娘要问什么高深莫测的问题，原来是这么简单的问题，也是爷爷他饭碗里的问题。于是，老爷爷清了清嗓子，说：“铜官人自古以来制陶为主要劳作，下的都是体力活。因此，在吃东西方面有讲究，要吃好，有营养，这个要数坨子肉。坨子肉也叫红烧肉，现在铜官古镇的人们办酒宴，坨子肉是必备的一道主菜，它的制作方法比铜官茶复杂些!”老爷爷喝了一口茶接着说，“食材是三层五花的带皮猪肉，放到注满水的大锅里，煮至七八分熟，捞出沥干水分，再切成 5×5 厘米见方的块状，按比例放入料酒、食盐、冰糖、酱油、胡椒粉等调料烹制，就算完成了。坨子肉的特点是：肉香松酥、肥而不腻、金黄透亮，令人垂涎三尺！会吃的汉子，一次可以吃三十坨。”爷爷说完特别有成就感。木子听呆了，没想到高手在民间。这时，祥麟走过来，对木子说，“满足了吧!”然后对老爷爷说：“下次她再问，你一定要收学费!”

老爷爷兴奋而认真地说：“不用，现在的年轻人都不爱听老话，难得这位姑娘这么好学，难得难得。”

木子朝祥麟扮了一个鬼脸，回头对老爷爷说：“谢谢您，爷爷，在铜官有不懂的东西我还会来麻烦您的！”

离开小店，送走祥麟，木子独自在古镇的外围游荡着，几辆从长沙开来的旅游大巴已经将无数一日游的游客放在这里了。街道上响着熟悉的本地普通话，小贩追在游客身后兜售旅游纪念品，顿时使人产生一种逼迫感。出来旅游的那种松散心情会突然变得荡然无存。木子极端讨厌参团旅游，如果自己没有掌控时间和节奏的自由，多到一处和少到一处又有什么区别？比如在铜官窑，就需要安安静静地站在遗址旁，用心看一个个古老的灵魂走过，在废墟中风起云涌。需要知道在几百年前还有什么东西顽固地留存下来，被什么保护在这里……所以必须拥有自由。在寒冷中，人渴望阳光。太阳升起普照大地的瞬间，人才真正明白谁是这片土地最终的主人。整个古镇浸泡于陶的气息里。走过窄窄的小巷，除了潺潺水声哗哗作响外，便是陶器的各种造型装扮着小巷，紫丁香在风雨几百年的石墙上开得正浓，花儿在这儿一年四季开放。古城什么时候变成遗址或废墟，是考古学家永远争议不休，而且是乐此不疲的话题。走在古老的石阶或遗址上，人又不得不赞叹先人的智慧和力量！木子想起智利诗人聂鲁达写过一首长诗：

……我从大地深处

用箭靶射向你

请开启你沉寂千年的嘴唇

从灵魂深处给我一个辉煌的长夜
告诉我每条铁索
每点链接
每块石阶
将你隐藏的锋利爪牙
刺进我胸膛和手
就像那突破而出的阳光
啊！亚马孙丛林
豹子们的葬身之地
令我日夜哭泣悲伤
岁月蹉跎　年华无情
滞的多少个世纪
请给我沉默
给我水与希望
请给我挣扎
给我铁与岩浆
让你的身体像磁铁一样紧贴我的身体
进入我的血管和嘴
用我的鲜血为你高呼……

04

链接>>>

“汉口叶开泰的药，乔口任万泰的船”，这是两湖民间对汉口叶开泰药铺、乔口任万泰造船的赞誉。乔口古镇位于湖南望城区，地处三地四县交界。“长沙十万户，乔口八千家，朝有千人作揖，夜有万盏明灯。”这几句道出了古时乔口之繁华。团头湖古遗址说明了乔口是望城最先有人类的地方，是望城人民的发源地，距今有五千多年的历史；湖尾古遗址留有春秋战国部落生活的足迹；乔江书院是清朝诏赐的书院；“三贤堂”敬供着曾来乔口深发感慨的屈原、贾谊和杜甫的三位大文人，尤其是杜甫南下时的《入乔口》早已是深入民心，深厚的文化底蕴浸润着乔口人民的生活。杜甫当年到长沙，第一站抵达乔口，留下了抵达长沙的第一首诗《入乔口》：漠漠旧京远，迟迟归路赊。残年傍水国，落日对春华。树蜜早蜂乱，江泥轻燕斜。贾生骨已朽，凄恻近长沙。

祥麟回长沙城了。木子心里突然生出一丝不舍。木子敲了敲自己的脑袋，自言自语：没搞错吧！脑袋没进水呀！耸了耸肩，也许他有一方面露了点长沙王李恪的特点，木子为自己做了一个解释。木子漫无目的地游荡着，心里突然冒出一个问题："铜官镇在唐朝时模样是谁设计的呢?"

"肯定是李恪!"木子自问自答。

"的确是我设计的!"一个中气十足的声音穿透背直达胸前，令木子激动不已。自己什么时候又穿过了时间隧道？这又是李恪的时空里了？

英气逼人的李恪来到木子的面前，说："刚处理完公务，听说你在找我?"木子有些难为情，说："我想看烧制陶器的现场。"

"这个容易，我派专人陪你看，想看多久看多久!"这句话怎么这么熟悉，祥麟好像也这样说过类似的话。木子壮着胆子说："我想要您陪我去看烧制陶器的过程。"

"有区别吗?"李恪问。

"当然!"木子说完，意犹未尽，但她仰起的脸上那淡红的色泽泛着一种无法言说的无辜和期盼，她都感觉到自己在两个字里灌满了特别的矫情，脸上灼热。只有两个字，但这种肯定已经表达了一切，李恪那么聪明的人，当然也听懂了木子的心意。

李恪带着木子前行，木子突然感觉幸福得天旋地转，天地间只存他们俩在行走，轻飘飘的步子，李恪和木子如一阵风似的穿过茂密的竹林，来到一座窑火正旺的龙窑前。

“龙窑”是江南烧制陶瓷特有的窑型，窑身体积大，外形美观，依山而建，远远望去似一条静卧着的长龙。窑身两旁设有进出口，差不多十扇门洞，每扇门洞边都有窑工们在忙着，仿佛没有人感觉到了他俩的到来。木子看到这个壮观的场面，完全进入了自己的世界，她感觉到龙窑的味道，千年之后还是这个味道，制坯的老作坊也似前朝遗老一样，永远都是这一身不变的皮色。然而时光却像一个晒得暖暖的老汉，打盹归打盹，却一只眼和一只耳朵支棱着，因此显得并不糊涂，也不沉沦，仿佛他只陪着这日月在做一个符号最本分的事情……

铜官古镇的人心里都明白，心里也自豪着，整个唐朝的经济依仗着铜官呢！铜官人便借势发展陶瓷业。大地万物真是奇妙，这土这水慢慢糅合就成了陶坯，再经火的千锤百炼，诞生新的生命。大地之精，地理之妙，因缘成器，其形如何？全在老祖宗血脉传承来的存在感上。人们敬畏窑的神圣之力，只能规规矩矩、老老实实，心急不得……木子感觉越往里面走时，你得把心提起，恭敬地走近窑神。天地万物是天道所赐，带着活命的道理，选童男子裸奔到窑场，这叫投胎，祈求烧制出来的陶瓷个个是鲜活的生命。虽说所有生命出自雌性，但世人对雌性的要求比较多忌讳。古时烧龙窑，女人不能上窑背，不然，有污窑神，降灾窑货。女权主义认为这是对妇女的歧视，木子却不这样认为。烧窑是多么艰辛的超强度劳动呀！温度又高，那时没有煤，烧的全是柴火。上上下下运送柴火，还不能有丝毫懈怠，怕断了窑火。这超强度的工作并不适合女人做。木子想，在当时绝对有一个智慧超前、维护女人的人，才想了这样一个看上去特别有说服力理由，使女人免去了一场有损健康的劳作。一切都可以想象成神灵的作用，劳作正是窑神与龙神的安排。烧窑其实就像女人生孩子，你得一个环节一个环节地仔细侍候，身心煎熬在一个生命的成长中。窑工号子，让龙窑有了活态的味道。就这样，龙窑烧出了湘水的味道，铜官人的风骨，每一件器物是有故事的，是有记忆的，龙窑是让一个灵魂走过时间的通道，见识了千百年的沧桑之后才感知铜官窑瓷神秘与传奇……这时，从远处传来一阵牛角号声。“有大货轮进港口码头了！”李恪说。

木子弱弱地问：“您不用去吧！”

身材魁梧高大的李恪望着远处，仿佛没有听到木子说的。在木子的意识里，与这样魅力四射的人待在一起，多待一秒赚一秒！这时，一位穿着战袍的士兵跑到李恪跟前单膝跪地报告：“去乔口的船只准备好了！”李恪听后挥挥手，士兵悄无声息地退到一边。

“能带我去吗?”木子轻轻地问道。

李恪看了一眼木子，仿佛一时找不到拒绝的理由。

在李恪的世界里，从来没有女人对他主动提过要求，干什么事时女人都是被动接受，这会儿突然冒出一个主动提要求的女人，李恪不知道该如何拒绝。李恪点头应允，带着木子上了一艘豪华的木结构大船，李恪说自己有事要处理，前呼后拥地消失在船的隐秘处，留下木子在船上与江风做伴。

喜欢吹风的木子顺手拿了一个软枕倚坐在船舱边上，看着那个叫乔口的地方在视线里越来越近。作为城北门户，只要把守好乔口的门关，长沙就安全了。早在春秋战国，即为吴越两国相争的交界地，也被世人称作“吴根越角”。唐高祖武德六年（623 年）所置的潭州长沙府就有乔口镇兵，唐代的镇兵的品秩是与县令相等的。可见乔口古镇的重要。昔有“长沙十万户，乔口八千家”之称。

船抵码头，李恪已被前呼后拥来到甲板上。岸边有一群人在那里迎接，李恪下了船，仿佛忘记了木子的存在。木子有些失落地跟着队伍走下船，人们也视她如空气，这使她反而自由起来。乔口码头停靠着无数艘大大小小的船只，岸边的老街来来往往的行人忙着自己的生活和事业。卖艺的、行乞的、绝门功夫的、卖草药的、算命看八字的等七十二行仿佛在这里都找得到寻得见。整个场面以及热闹繁华程度要比铜官高得多。木子漫无目的地沿着河边的麻石街走着，左边是琳琅满目的店铺，右边是湘江河。因停靠着密密麻麻的船只，只能望到远处的河水。停靠在古街边的船只也向路过的人招揽生意，他们顺便把路过地方的特产捎上一些，然后到一个地方兜销，赚取差价，感觉也蛮好的。当地人喜欢到这些船只上买稀罕。木子发觉在船上买东西的姑娘们居多，她们大多三五成群，个个是讨价还价的高手，船家感觉价格合适，有点赚就出手了。姑娘们一袭长裙，谈笑风生地走在街上真是养眼。木子羡慕归羡慕，人生最大的遗憾是用有限的生命对抗巨大的未知！

“站住！”一声令下，把木子从思考中拉扯回来。木子站在原地朝禁地望去，眼前除了一堆堆巨大的木材，还有一群木匠模样的人在忙乎着。拉锯的声音、斧子劈开木头的声音、木匠手抬巨木上架的号子声不绝于耳。

“请问，这是在干吗？”木子问那个站岗执勤的人。仿佛木子的声音不能抵达这人的耳朵里，木子只得作罢！东张西望，突然发现不远的地方围墙上写有几个字：乔口造船场。

后来，木子才知道，乔口的造船业也是唐朝最主要的经济来源，这都是长沙郡王李恪一手打造的。铜官陶瓷的运输出口用的就是乔口造船场的船，当时乔口造船的水平在世界上也是数一数二的，已能造出承载三百吨以上的大船，畅销国内外。木子因为乔口造船的历史，寻访和翻阅了大量史料，没有一丁点儿记载。木子相信自己的感觉，相信长沙郡王李恪在长沙干的政绩。皇天不负有心人，一次偶然的机会，碰到一个九十多岁的老人，感觉特好的木子，发现他全身上下堆满了历史的信息。老爷爷的耳朵有些背，木子不敢多问其他的问题，就直奔主题：“老爷爷您好！乔口在古代最有名的是什么？”

老爷爷听后仿佛想都没想，说：“造船！”接着又说了一句民谚：“汉口叶开泰的药，乔口任万泰的船！”

木子听到老爷爷顺口说出的民谚，激动得差点跳起来，泪花在眼里转着。老爷爷看到木子如此激动，以为是任万泰的后人寻找祖宗的历史来了，说：“我也是听祖辈们说的，你们任家的老祖宗在唐朝时是给皇家造船，后来自己造着卖，造船的工艺都是世代祖传，做工精细，质量可靠！特别是造的五邑倒扒子船，很有名的，后来不知什么原因，没有了……”老爷爷说着，语气里充满了遗憾和惋惜。

木子百分之两百相信老爷爷所说的，因为老爷爷家世代是开船的，哪家船好哪家船不好，他们是最有发言权的。宋代杨万里在论及古代谚语、歌谣时，有一句很有名的话：“古者有亡书，无亡言。”书籍有散失的可能，但语言难以消亡，原因是它会活在人们口中。

05

链接>>>

唐朝（618—907 年），是中国历史上继隋朝之后的大一统中原王朝，共历二十一帝，享国二百八十九年。唐朝疆域空前辽阔，极盛时东起日本海、南据安南、西抵咸海、北逾贝加尔湖。唐朝对周边民族采用羁縻政策，并通过册封、和亲等多种方式，与各族建立密切的政治、经济上的联系。日本、南诏、新罗、渤海等国遣人学习唐朝的制度、文化，边疆、内地各民族呈现大交融局面。作为当时世界上最强盛的国家之一，唐朝声誉远播，与亚欧国家多有往来。唐以后海外多称中国人为“唐人”。而唐朝积极与各国交流学习，使其经济、社会、文化、艺术呈现出多元化、开放性等特点，在诗歌（唐诗）、书法、绘画、音乐等方面均取得了重要的成果。

木子喜欢生活在和平年代，在独处的时光里，与自己喜欢的历史人物和谐相处，喜欢邂逅身怀绝技杀气腾腾的男子汉，喜欢唐朝女性衣角的打扮，很是飘逸柔美。唐朝虽以肥为美，但人家的肥是有标准的，不是松松垮垮、见肉不见神。人家是细腰肥臀，宽额细眉，高鼻小嘴、下巴圆厚，眉目清秀，十指长长，圆润饱满如新鲜的白萝卜。每一个公民对身体的美，有着本能的品格追求。这也是一个国家精神风貌的具体体现。就像走进一座古老而又神秘的宫殿，想往里走，你就会发现，里面除了先人曾经的记忆，剩下来的就是时间雕塑的遗址，在废墟上摇曳的玫瑰使得废墟更加荒凉，也许它是那个痴情的灵魂为等佳人的到来而怒放的。

与自己喜欢的历史人物相处，是一件愉悦而纠结的事情。

自从见到长沙郡王李恪那一刻起，在木子的生活和工作空间里到处都是李恪的身影，她所做的一切围绕着李恪在开展。《前唐书》里记载的，唐太宗李世民在废储之后，对重新立储之事很是纠结，按理嫡庶有别，太子李承乾与次子魏王李泰相继被废，应立李治为储君，众所周知，但李治性情仁弱。宫中几位德高望重的大臣都暗示李世民应当选一位性情刚毅的皇子。李世民明白，在所有的皇子中只有长沙郡王李恪称得上性情刚毅，但李恪是杨妃之子。李世民想自己能取得玄武门之变的成功，一半是靠了长孙家族的力量，高士廉是长孙皇后的舅舅，长孙无忌是皇后的哥哥，皇后的族叔长孙顺德是太原起兵时就跟着李渊的大将，如果不立李治，确实对不起长孙一脉。究竟立谁，李世民仍在纠结中，一时举棋不定。正因为李世民的纠结犹豫，为长沙郡王李恪的短暂人生埋下悲惨的种子。木子不想知道李恪回长安的日子，她只想留住李恪在长沙为王那些最美的时光，木子想，也许自己前世与长沙郡王李恪有一段缘分。有关李恪一切的一切都会令木子入心入肺，在梦中穿越，在网络中穿越，在古书中穿越，这一切都是为了穿越到李恪的面前。

由于长沙郡王李恪的原因，木子打算在铜官租住一段时间，这一段时间到底是多久，木子心里也没有谱。木子没有对于时间的定义，她只是希望能有这么一段与李恪相守的时光。即使李恪不来，她也是为李恪而留下的。

时间随流水的速度作了四季的变幻和分割，行走江湖的人不舍春夏秋冬，比蜗居者更容易拥有一颗随遇而安的心，木子也不例外。木子在铜官的老街上慢悠悠地转着，这里没有震耳欲聋的机器声，空气里弥漫着淡淡的清香，人们都在这古旧的时间里漫不经心地忙碌着。

铜官街中有一座带小院的房子，三间木房由一位老太太守着，小院里种了好些花儿，植物在这儿自由生长，可谓是闹中有静。老太太年逾七十，几个儿女都在长沙城里上班，她独自生活在铜官街上，每天都把屋前屋后打理得干干净净，院子里的花也被侍弄得特别茂盛又娇艳。木子选中这里，除了静，也是因为这个热爱生活的老人家。老太太把靠东边的一间房租给木子，并把三把房间钥匙全给了木子：

“姑娘，钥匙全给你了。不用费钱换新锁。”其实，老太太就是只给木子一把钥匙，她也不会去换新锁。人与人之间就是有了信任和喜爱才会相守。木子觉得，老太太在，这儿才有个家的样子，晚上她逛累了回来睡觉，在黄昏里将院门推开便有花香馥郁，轻轻合拢门栓，抬眼望头顶一方星空，自己步子轻巧地踏着铺石地面回房间，这种日子就是岁月静好了。

木子虽然早已习惯了背包族的随遇而安，突然要为一个遥不可及的人在这陌生的地方租房住下来，在常人看来这不是她的行事风格。木子打电话告诉祥麟自己的安排，祥麟在电话里半天没回过神。最后，祥麟说需要什么，他从长沙送过来。木子想先到镇上转转，看缺什么再说。

在铜官老街上逛，四周都是陌生的面孔。木子想在唐朝时的铜官老街上走，她能遇到的不也就是这些陌生的面孔吗？在人群中她会碰上想遇到的人吗？这些着时装走在街上的年轻人，这些坐在自家屋门前的老人，都是木子穿越时空的背景。这样，抵达一座因时光流转而废失的城市便有了生命的背景。

祥麟还是马上来了，送来了一大包他认为木子会用得着的东西。他说，这些东西是他亲自指派一个特别细心能干的人准备的。

木子笑着说：“但丁走出了迷失的森林，游过地狱，攀上了净界山，进入天国最高层，见过了人类始祖亚当，听过了种种教诲，可他的眼睛却不看基督的乐园，只顾看着他的贝雅德，这是为什么呢？”

祥麟就是喜欢木子这样谜一样的女人，尽管自己无法读懂她。但有一个地方能够留住自己喜欢并想追求的女人，确实是件令人愉快的事。追求是一个让人喜悦，充满活力和激情的事。祥麟突然发现了在行动中一旦确定目标，就能使自己仰起脸来朝前看，无论在这一刹那看到的是花开四野还是雷电轰鸣，是漫天的尘蒙蔽了前方的道路，目标就在那里。制定这个词汇的人当然获得的不仅是承诺和追求，同时还有漫无边际的憧憬。祥麟这时候的感受是他接受了来自遥远的召唤，因为一个没有结果而缥缈无法抵达的召唤。是的，那个无法抵达的朝暮自始至终地闪烁着诱人光芒的召唤。木子无法感觉祥麟的感觉，他们就是这样各自面对着不一样的窗口，虽然同时推开了它，但看见了不一样的风景。

木子满脑子都是唐朝的历史，唐朝的李恪。谈论历史是沉重的，只有极少数的人喜欢于它并沉迷于它，面对着那逝去年华的背景，演变成永恒的图景。人们不愿意承认历史是一场巨大的谎言和虚空，是因为人类本身就是一个书写乌有之乡的容器。

历史就在人类相互转身说出再见的刹那间。

木子之所以对历史感兴趣，是因为它在冬天给予她直抵心头的一盆火，在夏日给予她一片树荫和漂泊的心灵有存放地。

因为有了历史，人类有源可溯。短暂的生命在相互交往中多一些厚重感，历史中那些神秘的事件、诡异的传奇，等等，都是后人津津乐道的谈资。历史犹如一面镜子，时时刻刻照亮着生命的颓废和信仰；过去的时光使人类能在每个早晨出发，无论遇到什么样的困难和险阻，天空该蓝时依然蓝着。

祥麟看着出神的木子，搞不懂木子在想些什么，山上那一丛丛野生的金盏菊、鸢尾蓝、百合，似乎也无法引起她的关注。木子像是月牙、洒歌笼罩的来世光景。

祥麟明白：木子也许是他的前世，他也许是木子的来世，今生今世彼此只能隔河相望。这时，祥麟的手机响了，祥麟接电话的样子像是又有重要的事情需要他去处理。

祥麟："有什么需要电话好了！"

木子点点头。

祥麟放下一堆东西后回长沙了。木子目送祥麟离去后，仍旧出门来到小镇街上逛，她在一家摆着豆子芝麻茶的小摊前坐下，要了一杯滚烫的黄豆芝麻茶，慢慢喝着，同时瞧着那些在眼前来来往往的行人。

有个问题木子一直没弄清楚，铜官镇的男女老少有事没事总端着一碗豆子芝麻茶，仿佛有种特殊的情感。木子转头见卖豆子芝麻茶的娭毑正坐在一旁选豆子，就凑上去说："娭毑在选豆子呀！"

"是呀！有些豆子没长好，做成豆子芝麻茶没看相。"娭毑看了一眼木子。

"娭毑，请问一下豆子芝麻茶是怎么来的？"木子问。

娭毑东扯西扯半天也没说出一个所以然，木子有些不明白，这个地方的人们对豆子芝麻茶有着特别的喜爱。应该有一个传说藏在了豆子芝麻茶里，人们捧着茶应该也是捧着传说在慢慢品读时光吧。

古镇铜官水运十分发达，从南至北主要有石渚、铜官、峡口子、袁嘉湖、沙湾寺、瞀港等大大小小的码头镶嵌在湘江沿岸。放下茶碗，木子来到铜官码头，史书记载的辉煌已随流水而去，昔日的麻石阶梯淤埋在慢慢增高的湘江河床之下。人生一炷香的时间，也许已是一辈子的烛光。有的错过了莲花的水上年华，却拥有了弯曲的乡间土路；有的错了羊群停顿回首的地方，却拥有了群鸟飞过的天空……

阅读是木子的最爱。木子认为阅读是生命中最有营养的精神补给。她的包包里书是必备的内容，她有时嘲笑自己，从上幼儿园开始到现在，高级营养没有断过。看电影，也是一种花样的营养补给。好看的大片下载到手提电脑上。木子不是不喜欢看电视，认为属于看电视的时期已经过去。《鬼吹灯》系列小说式的电影，从一开始就在跳跃中穿越生死轮回的篇章。来自现实中的与自己面对面的，或者擦肩而过的，或者成为心腹之友的人，都是轮回的现状等，它穿越了千年，以神奇、玄幻破开古人的情感纠葛，穿越的是现代人的衷肠。

木子眼前浮现的是另一幅穿越图，滔滔的湘江水奔涌北去，来来往往的船，因江水涨落及时调整航速，在江上，你会与无数变幻莫测的江水相遇，江水的变幻使人看见了爱情，爱情在江水中像迷人的波浪，有人若深陷其中一定被俘虏。事实上，多年来俘虏这个词汇一直让木子着迷，这是一个形而上的词汇，在许多的爱情故事里，男人是女人的俘虏，女人也是男人的俘虏。这样的关系在江水中就像变幻莫测的水波荡漾，它们形如散开在甜言蜜语中的雾气，然后在爱情的雾气中慢慢散去……

如果长沙郡王李恪在这里，木子一定会握住他的手，坐在湘江边上，听他讲唐朝那些事。虽然从唐诗里可以读韵味读辽阔读历史。虽说诗言志词志情，但还是比不上听长沙郡王李恪亲自讲来得亲切。心灵的呼唤也许会感应万物，在木子目光能抵达的不远处站着一个熟悉的背影，木子激动得不能自已，完全忘记了平时的矜持与傲气，朝那背影飞奔而去。

木子真想伸开双臂扑上去拥抱李恪，长沙郡王李恪逼人的英气让木子望而却步，伸手的双臂只能拥抱自己。李恪却似乎早已感觉了木子的到来，望着远处，他头也没回，只是说："在博大精深的中华文化宝库里，有肥沃的土壤，有宝石，有万物，它们自由自在，它们生活在一个庞大的王朝盘踞着的天地里，它们从不理会大千世界的变迁，始终存在于此地。"木子接着李恪停下来的话："……在天地万物里有力量强大的松柏和微小的苔藓植物，有风吹雨啸中永不冥绝的野花，还有翅膀，无论置身何处，只要与有翅翼之灵相遇，便能使灵魂得到提升。"

李恪微微点了点头。

木子仰望着李恪，问："我们还会相遇吗?"

李恪说："梦想在哪里？我们就会在哪里相遇!"

木子深信李恪的话，同时也相信一粒种子可以颠覆世界。

一朵云彩飘过来了，它已经变幻过无数的无常。木子知道这世上没有不变的诺言，也没有不变的身体和景观，万事万物都在变幻莫测中鲜活和存在。

木子站在李恪的旁边，都沉默着，看着天地间的一切变幻，这一切是那样的真实又是那样的虚幻……

木子多想告诉李恪，她是那么地爱他。

木子知道，写作和爱情都是有命运的。第一它要你的血液，血液流畅像溪水，既清亮又欢快。第二它要你的心跟躯体外的世界一起砰砰跳动，像鼓一样激荡，像山歌一样悦耳，像蝉一样隐居。第三还要你的眼眸像水一样清澈明亮，看山不是山、看水不是水的眼光。第四还要你的四肢、耳力、舌芒以欲罢不能的听、眠、默与速，彻底的坦荡自我而又相拥万物。

李恪似乎感受木子的所想，回眼看着木子说："当人类给爱情重新命名的时候，已经是阴霾的天空了！一眼就能望到底的爱情和风景会成为过往！"

在木子的意识里，爱情只是漫长之旅而不是归宿，所以她看见的孤独也是。她想。

李恪继续说："人生每到一处都是爱情漫长之旅的风景，很多人把它们处理成了一个片段，你却把它们连成了片。只有心里有梦的人才会呈现出这样的画面。"

木子诧异，又惊喜于李恪读懂了她，于是说："谢谢你。像，一条鱼，谢谢水。"

人生任何平常的会晤又都具有特殊的隐喻。人与人能心心相连，互为倒影。

命运如琴弦，在弦音中离久而聚，久聚而散。无法预知明天上演哪一支天籁或凡曲。

李恪说琴理通天理，空其腹，才能实其声，无论是天籁还是凡曲，冥冥之中已经天定，只是在一瞬间，心手双畅，与宇宙共振出了曼妙的和音。

李恪还说，“我喜欢用意趣来表达情感，古人不就有余音绕梁、秦娥歌哭？在垓下一战中张良一支管箫引发的四面楚歌，瓦解了项羽的八千子弟兵，我想这就是韵调的力量。你的文字不就是这样常让读者脸上带有泪痕吗?”

“是的，我把泪水化作一个个字符，在人们心里涌流。”木子点头，这一刻，她甚至觉得李恪已经融入自己的血脉之中，懂得自己每一次呼吸的感受。

李恪被一纸诏书召回京城，就像北去的湘江，再也没有回头。木子记得，李恪走的那天，河雾沉沉，船从小西门的南码头驶入湘江口，当木子急急忙忙地赶去，那艘载着李恪的龙船已慢慢地朝北行驶了，木子发现了站在龙船边上那个熟悉的身影慢慢变小，然后消失在茫茫的河雾里。

木子的心里一片空茫，感觉自己的一切都随李恪远去了……

在之后，不知道又过了多少年，木子还保留着在渡口眺望的习惯，到底是要眺望谁呢，她也说不上来……

06

链接>>>

杜甫（712—770年），字子美，自号少陵野老，唐代伟大的现实主义诗人，与李白合称“李杜”。杜甫少年时代曾先后游历吴越和齐赵，其间曾赴洛阳应举不第。三十五岁以后，先在长安应试，落第；后来向皇帝献赋，向贵人投赠。官场不得志，目睹了唐朝上层社会的奢靡与社会危机。天宝十四年（755年），安史之乱爆发，潼关失守，杜甫先后辗转多地。乾元二年（759年）杜甫弃官入川，虽然躲避了战乱，生活相对安定，但仍然心系苍生，胸怀国事。杜甫创作了《登高》《春望》《北征》以及“三吏”“三别”等名作。虽然杜甫是个现实主义诗人，但他也有狂放不羁的一面，从其名作《饮中八仙歌》不难看出杜甫的豪气干云。杜甫在中国古典诗歌中的影响非常深远，被后世尊称为“诗圣”，他的诗被称为“诗史”。后世称其杜拾遗、杜工部，也称他杜少陵、杜草堂。

湘江上空盘旋的云朵，有些厚重，像装着水的塑料薄膜。现在，人们仍然能够记起千年前的那一幕幕，那被雨淋湿了的天空有阳光照着，雨珠的灿烂幸福了一条江。但是，起风了。风的参与，雨的姿态千变万化。也许那不是风，人们其实心里知道那是风，但只是看到雨丝飘忽的舞姿，粉细如雾般消失在尘埃里。有人发现杜甫携带家眷风尘仆仆顺长江过洞庭入湘江来了！

“过乔口，入湘江咯！”艄公厚重的喊叫声，惊起觅食的水鸟。杜甫站在船头，袍襟在风中轻摆，他笑了，浓郁的湘音触碰到了他那被苦难深锁的笑点。他望着这个叫乔口的古镇。乔口古镇被洞庭湖、湘江、团头湖围着，三面环水，是湘江流域海拔最低的地方，是船运好码头。“长沙十万户，乔口八千家”，也是商贾云集的好地方。这时一条小渔船靠近：“老先生，买鱼吧！新鲜的，才从江里捞上来的。”那渔民说着提起鱼亮相。风大！杜甫听不清那渔民说什么。风告诉他，看！这鱼多美呀！杜甫没有看鱼，掉头去望着风的方向，那是家乡的方向。船载着他面北的身体往南行驶着。他希望风一直就这么任性地刮着，把他的牵挂和想念，千里万里，挟着尘土、草屑，过长江，过黄河，刮到汴梁，刮到长安。河滩的小草舞动着整个黄昏，一头吃草的牛披一身金黄俯首咀嚼生命的香味，偶尔的仰天一哞，也是对自己的赞美！杜甫抬头仰望湘江的上空，想起了欧阳询。渔民告诉他，一代儒家欧阳询的故里就在离湘江不远处的书堂山。

杜甫对渔民说，后人只晓得他是一位历经三朝的大书法家，新乐府诗的创始人。他设计创制的钱币“开元通宝”，开启了现代货币十进制的先河，改变了唐以前的币制体系，以重量为定制的“量名钱”体系，是货币史上的里程碑。他还是一位教育家，著有《用笔论》《三十六法》等。

渔民见此人如此敬重欧阳询很是感动，捉起两条鲜鱼跳上杜甫的船送给杜甫。渔民还称自己的家离欧阳询故里不远，于是给杜甫说起欧阳询故里的事儿！这时，有一女子提着一壶酒，端着一碗弄好的小鱼，从小渔船里出来，把酒和菜递给正在兴致勃勃讲述书堂山的男子。那男子告诉杜甫，这女子是他堂客，名叫阿好，是土生土长的乔口古镇人，他们家从爷爷的爷爷开始，做饭菜的手艺就在当地小有名气。阿好耳濡目染也做得一手好菜，尤其是烧鱼，更是一绝。当地的鱼，她样样会做。男子很得意很自豪地介绍说，还凑近杜甫耳边悄悄透露烧鱼的诀窍：鱼背煎到金黄时，焖点水，同时放入辣椒、姜等作料，焖干，鱼出油就可出锅，味道好极了。男子要杜甫先尝尝，杜甫抿了一口酒，挟一条小鱼入口，果真香酥脆嫩妙不可言！

杜甫面对热情好客的渔民，没有多余的散碎银子买他的鱼，吩咐家人取来笔墨纸砚，写下一首诗送给渔民，算是回赠！据渔民的后人说，因为诗稿在船上不便保存，就卖给了一年一度来民间采诗的采诗官，得了一笔超过鱼钱好多好多倍的钱！

三个月前杜甫接朋友的邀约到潭州（长沙），落魄的他回不了故乡，只好去他乡投奔朋友。一群水鸟轻轻掠过江面，并发出清脆的呼唤，谁能听懂，这是另一种倾诉。无力的文字在砚台里渐渐消瘦。天子的召唤，已如泥牛入海一般缥缈，杜甫不敢细数离都的日子，锈迹斑驳的风铃已摇不动过往的岁月。昔日长安的友人已不再追问归期。曾与他对盏的空樽，盛着满满的一轮瘦月，漂泊在异乡的江面上，曾是友人醉眼中的大才子。可是，今夜友人梦中抱暖着他自己的如意。日子碎片了，又圆满了，圆满了，又散碎！

隔着时空隧道，木子不知道自己了解杜甫有多少。但有一点可以确定，杜甫绝对不知道相隔千年的时空隧道里有一个木子的存在，他的铁杆粉丝。木子从乔口追随他一路沿湘江南下。木子看得见他，他无法瞧见木子。时空的设计，人可以回望历史但无法感知未来。命运的驱使让杜老先生来到这天边之南的潭州，又被人们称作“屈贾之乡”，它是屈原、贾谊一生当中最纠结的地方。此地除冬天彻骨的寒冷外还荡漾一抹悲壮、忧郁的色彩，以及读书人骨子里那种浓浓的参政，修身、齐家、治国、平天下的抱负，这也许就是湖湘文化的底子吧。杜甫早已感受到了，湖湘大地弥漫着一股他熟悉亲切的气息！他仿佛感觉自己的灵魂有了归宿之地。每一个人心中都驻着一条河流，冥冥之中湘江就是杜甫心中驻着的那条河吧！

你是谁？杜甫仿佛看到了木子。

木子是一个寻梦者。

木子告诉杜老先生：那一年，我寻到了屈原，那个披着江离和辟芷，把秋兰连接成串挂在脖子上作装饰的人，用心灵的语言赞颂唐尧虞舜、夏禹先贤；从骨子里鄙视桀纣恶行，痛斥党人、奸佞，绝不与之同流合污。常常深夜一个人在月色下的河边仰望天空长叹："长太息以掩涕兮，哀民生之多艰……"他梦想：求绳墨与规矩之正道，宁死也不苟合求容。也常常悲叹自己生不逢时……他愤懑的情绪感染了天地万物，百姓为他的遭遇而伤悲，马儿为他的怀才不遇而驻足仰头长啸！河边那柔软清香的蕙草也无法揩抹掉他悲伤的泪水，伤心的泪珠透过蕙草依然滚滚落下打湿了他的衣襟。他仿佛感觉人生的信仰无法附着于生命，却被无望的现实猛然抛入虚无缥缈的深渊，然而深渊的彼岸是那样的遥不可及。他已找寻不到从前的自己，渔父告诉屈原你还有诗歌呀！在屈原心里虽然有诗歌在，也无法存放飘忽的灵魂！人们常说的所谓的国家不幸诗家幸。悲伤、痛苦、离乱成就了诗歌，悲愤出诗人。诗，成了许多文人灵魂的栖息地。诗人们常常在诗歌里寄托自己的政治抱负和平天下的浪漫主义思想。其实，屈原也不例外，他留下的艺术成就极高的就是气势恢宏的长诗《离骚》,他虽投了汨罗江。后人从他的诗歌里寻找补给心灵的营养。从没从他结束生命的方式上思考。但有位外国学者，不是英国的，好像是法国的，他说，人生命结束的方式有很多种，能决定自己生命终结的人必定是一个有担当有气魄的人。杜甫若有所思地点点头，杜老虽然失去官职不为朝廷所用，穷愁潦倒，但他依然忧心时势，思念朝廷。这正是诗人无能为力的伤心纠结之处。他已经是一个落魄垂暮之人，瘦弱、病痛缠身，已经不是人们所熟知的那个豪情万丈的诗人了，而是一个无法稳稳从船上走到岸上能把握自己的老人了。他喝着小酒感叹道：万丈红尘三杯酒，千秋大业一壶茶。打鱼人根本不知道他是谁，只感觉这老头是一个斯文人，跟有文化人喝上酒还能搭上几句腔是他的福气。杜甫作揖感谢渔民的酒和鱼，说耽误了他打鱼的时光！渔民说，不妨！何事太忙歇脚去，为时尚早谈谈心来。没想到在这片天地里，渔民说话很有意思。这时从远处传来征讨声，渔民告诉说，这是渔霸在收保护费。杜甫长长地叹了口气，说："阳世人间伤天害理皆由你，阴司地府古往今来放过谁!"渔民有些惆怅地点点头，愁眉地端起酒杯一口喝下，感叹说，跟大自然讨生活虽然艰辛但还快乐自由！

杜甫点点头，看着岸边的乔口古镇，情不自禁地吟唱起来："漠漠旧京远，迟迟归路赊。残年傍水国，落日对春华。树蜜早蜂乱，江泥轻燕斜。贾生骨已朽，凄恻近长沙。"

杜甫吟唱完，抬头望天边。渔民听完吟唱很激动，说，这首诗可否写下送与他。杜甫吩咐家人摆好笔墨纸，挥毫而就，一首《入乔口》诞生了！渔民从自家的船上搬来大米和酒菜放到杜甫的船上，算是礼尚往来了！杜甫还记得在长江里遇大风不能行船的时候，上岸借宿在一个员外家里三个月，留给员外一首诗作为报答，当时员外激动不已，又赠送好些食物和银两给杜甫，杜甫一家靠着这些才到达乔口。杜甫捧起酒杯咕咚喝了一大口，然后孩子般得意地看着年轻的渔夫。

渔夫惊愕的表情已经使他满足。他垂下眼，忽然叹了口气，说："人这辈子真不容易啊!"

杜甫以诗讨生活这一点是确定无疑的。

这个诗中的圣哲做梦也没想到后人会把诗圣的桂冠郑重地戴在了他的头上。正如韩愈所说："李杜文章在，光焰万丈长。"海外的汉学家说："杜甫完全能够以他诗歌创作的伟大成就傲视万邦。"可惜这一切都是杜甫不知道的。当时杜甫感觉的是：生活一天比一天艰苦，自己的身体也一天比一天弱。亲朋好友的接济一天比一天减少。艰苦的生活状态和病弱的身体受尽幕府中官僚的无尽嘲讽和冷漠。杜甫总是抱着一丝希望拜访他们，扶杖步行前去，狗眼看人低的仆人不肯传达和通报。如果租一顶轿子，情况又不一样了，哪来的钱去租一顶轿子雇几个轿夫呢？杜甫在《秋日荆南述怀》里写了他当时穷困潦倒的生活：“苦摇求食尾，常曝报恩腮。结舌防谗柄，探肠有祸胎。苍茫步兵（阮籍）哭，展转仲宣（王粲）哀。饥籍家家米，愁征处处杯。”杜甫感觉无路可走了，湘江的潭州是他最后的一丝希望。他在江陵南浦登船时，写诗寄给郑审说：“更欲投何处，飘然去此都。形骸元土木，舟楫复江湖。社稷缠妖气，干戈送老儒。百年同弃物，万国尽穷途。”这是诗人最最潦倒的自画像，诗里已经没有了昔日那高亢的声音，有的只是日暮穷途的唉声叹气！诗圣就是诗圣，自己的处境已经这样艰难了，他依然没有放弃诗人的最后底线：责任，入湘江经过洞庭湖，当他看到湖边渔村的艰难生活情景，无限感慨地写下《岁晏行》：“岁云暮矣多北风，潇湘洞庭白雪中。渔父天寒网罟冻，莫徭射雁鸣桑弓。去年米贵阙军食，今年米贱大伤农。高马达官厌酒肉，此辈杼轴茅茨空。楚人重鱼不重鸟，汝休枉杀南飞鸿。况闻处处鬻男女，割慈忍爱还租庸。往日用钱捉私铸，今许铅锡和青铜。刻泥为之最易得，好恶不合长相蒙。万国城头吹画角，此曲哀怨何时终？”诗人作诗反映处江湖之远的真实生活，希望这些反映人民疾苦的诗能到居庙堂之高的手上。诗人时时刻刻关心着国家的安危和人民的疾苦！诗圣的地位是在人民心中自然形成的。他关心人民关注民生甚于他自己和家人。记得那年，诗人自己的住房在自然灾难中被毁灭了，但他想到的是“安得广厦千万间，大庇天下寒士俱欢颜”“谁能叩君门，下令减征赋”，这真是一个诗人“下痛民穷”的高尚情操和“上悯国难”的忧国忧民的思想。

这时一个渔民的船靠过来告诉说，这两天江面会起风浪会有大暴雨，船最好到铜官附近避一避。杜甫望望天，看滔滔北去的江水，现在的他只能顺其自然，再也经不起半点摔打了。渔夫告诉他，乘天还没起夜色，赶紧到铜官避一避。杜甫感觉很温暖。站在远处的木子却非常清楚看到一位白发苍苍、神情萧索、瘦骨嶙峋的诗人站在船头迎着风的样子。自古以来，诗人对国家的兴衰总是特别敏感，诗人们总怀着一颗“恋阙”的赤子之心对待祖国的荣辱兴衰！杜甫不知道他离世一百四十年后，杜姓家族又生出一个叫杜牧的大诗人，他有一句话很形象很生动概括从古到今人类社会的政治史：“秦人不暇自哀，而后人哀之；后人哀之而不鉴之，亦使后人而复哀后人也。”诗人的这种觉悟，为诗人心灵深处的痛！虽然兴亡乃人间常态，美好永远在路上。人类社会都有历史的愁容和诗人心灵深处的痛！

杜甫的船靠近铜官港口已是深夜了。第二天，险情没解除，家里人上岸买东西看古镇的热闹去了。每年开春，铜官古镇都会举行“请窑神”的活动。锣鼓迎神、舞龙护送、上香叩拜……一系列的仪式庄重而热闹，寄托着大家的信仰和期盼。

杜甫站在船上想起昨晚上的情景又看着眼前铜官镇，忍不住笔墨挥洒书写《铜官渚守风》：“不夜楚帆落，避风湘渚间。水耕先浸草，春火更烧山。早泊云物晦，逆行波浪悭。飞来双白鹤，过去杳难攀。”因为风雨的缘故，杜甫没有下船看看铜官窑这“海上丝绸之路”。当时的铜官陶瓷就远销世界29个国家和地区，是中国陶瓷文化传播与交流的最大贡献者之一，也是当时唐朝最重要的经济支柱。

风雨兼程困难太大，船行二宿至新康江口，北风来了！沿湘江逆水而上北风为顺。杜甫喜极而作《北风·新康江口信宿方行》：“春生南国瘴，气待北风苏。向晚霾残日，初宵鼓大炉。爽携卑湿地，声拔洞庭湖。万里鱼龙伏，三更鸟兽呼。涤除贪破浪，愁绝付摧枯。执热沉沉在，凌寒往往须。且知宽疾肺，不敢恨危途。再宿烦舟子，衰容问仆夫。今晨非盛怒，便道即长驱。隐几看帆席，云山涌坐隅。”杜甫在新康并没有上岸看看古镇，是因为船到江口，吹起了北风，逆水行舟顺风最难得，杜甫喜极而作诗纪念，哪有闲心看风光。新康是湘江流域的一个繁华古镇。据史料记载，“新康”这个有着现代元素的名字，早在太康元年（280年）确立为新康县。这一名称便被沿袭至今。人们将沩水进入长沙县界流向湘江的这一段水道，称为新康河。（《大清一统志》云：“沩江在宁乡县一百五十里，源出大沩水，东北流入长沙县界，又叫新康河，又东北入湘。”）其河口称新康口（后称老虎口），而河洲上的这一集市，亦遂称新康。由于地处水陆要冲，又扼守着沩水前出湘水的门户，因此新康这个地方，历朝历代都是兵家的必争之地。远远望去，新康古镇似一仙女坐在湘江水边的巨大葫芦上。这葫芦洲长达六十华里，远近闻名、历史悠久、风光旖旎。仿佛这一切对杜甫来说都不重要了，他遇到了新的问题。他所投奔的韦之晋改任潭州刺史。韦之晋到潭州上任没多久，突发疾病死了，杜甫听到这个噩耗，天都塌了下来。一首长长的《哭韦大夫之晋》是血和泪、悲伤和痛苦的交响曲，把湘江都弄呜咽了，把人心都揉碎了……

哭韦大夫之晋

凄怆郇瑕色，差池弱冠年。丈人叨礼数，文律早周旋。
台阁黄图里，簪裾紫盖边。尊荣真不忝，端雅独翛然。
贡喜音容间，冯招病疾缠。南过骇仓卒，北思悄联绵。
鹏鸟长沙讳，犀牛蜀郡怜。素车犹恸哭，宝剑谷高悬。
汉道中兴盛，韦经亚相传。冲融标世业，磊落映时贤。
城府深朱夏，江湖眇霁天。绮楼关树顶，飞旐泛堂前。
帘幕疑风燕，笳箫急暮蝉。兴残虚白室，迹断孝廉船。
童孺交游尽，喧卑俗事牵。老来多涕泪，情在强诗篇。
谁寄方隅理，朝难将帅权。春秋褒贬例，名器重双全。

07

链接>>>

杜甫觉得他的诗“才力素壮，辞句动人”，一个“壮”字，写出了苏涣诗的特色，同时说辞句也很生动感人。杜甫曾在《戏为六绝句》中说：“才力应难跨数公（指庾信、初唐四杰等人），凡今谁是出群雄？或看翡翠兰苕上，未掣鲸鱼碧海中。”就杜甫植根于“盛唐气象”的审美思想来看，他推崇雄浑阔大的艺术风格，喜欢“碧海掣鲸”式的作品。现存的苏涣诗歌只有四首，七言诗《怀素上人草书歌》一首，五言诗《变律诗》三首，都收在《全唐诗》中，就总体风格来说，符合杜甫所说的审美观点。

韦之晋的离世，无疑使杜甫的生活雪上加霜，此时，杜甫到处碰壁，在陆地上再也没有安身的住所，之后的日子全家都在船上度过。这时的杜甫身体一日不如一日，除变卖家当外，就在渔市上摆设药摊来维持生活。

大历四年的冬天，潭州大雪。杜甫老病缠身，衣食无着。他凝视着滚滚北去的江水，心里想的不是家里没米下锅以及被饿得脸色苍白的儿子，而是为渔民交渔税的事在纠结。他心里在纳闷，当今的皇帝怎么不下来体察民情，于是脱口说出，“谁能叩君门，下令减征赋”。唉！滔滔的湘江水是不会干的，鱼儿也不会灭绝，下令减税的可能性如泥牛入海般渺茫。想想自己一生饱经忧患，用尽心血，写了两千多首诗，描述了民间的疾苦，时代的艰难以及山川的壮美。而现在的自己面对莽莽乾坤，却漂泊无依如随水漂浮的绿萍……想着想着不由老泪纵横……

十六岁的儿子宗武从渔市卖药收摊回来了，手里提了比平时还多的食物，后面跟着一个中年男子。这个男子名叫苏涣，专程来拜访杜甫的。杜甫望着来人，中等身材，矫健精悍，双眼炯炯有神。感觉这时节还有人来拜访而有些受宠若惊。苏涣对杜甫一脸的恭敬！他自我介绍说，他是山南巴州人，姓苏名涣，现是潭州刺史崔瓘幕府里的从事。

苏涣这个名字，杜甫有耳闻，这是个传奇人物，传说他是一个百发百中、技术精湛的弩手。在巴山道上常常抢劫达官显贵的财物，绰号“弩跖”。在官府人的眼里是一个神出鬼没的大盗；在老百姓的心中他是一个杀富济贫的侠士。后来得高僧指点，放弃旧业，不久考中了广德二年的进士，充任侍御史。

今日这个传奇人物出现在杜甫的面前，令杜甫惊讶无比。

苏涣对杜甫却一见如故，说：“在巴州故乡时就非常仰慕先生您的大名，最近在崔刺史幕府里的书案上读到几卷传抄的您的诗，如《石壕吏》《茅屋为秋风所破歌》等，我非常喜欢，这是陶潜死后三百年来难读到的，我庆幸能与您生逢同时！今天能拜见您真是三生有幸呀！最近潭州居民都互相传告，鱼市上有位卖药的叫杜甫，所以特来拜见！”

杜甫听后甚是感动！苏涣从怀里取出一卷手稿说：“平时也喜欢诗，有感而发！请先生您指点。”说完，摊开手稿，大声念了起来：“毒蜂成一窠，高挂恶木枝。行人百步外，目断魂亦飞。长安大道边，挟弹谁家儿。右手持金丸，引满无所疑。一中纷下来，势若风雨随。身如万箭攒，宛转迷所之。徒有疾恶心，奈何不知几……”

杜甫一听这首诗，就知道苏涣从失败中得了教训。若拿杜甫平素对诗的要求来衡量，这首诗是相当粗糙的。但对此时杜甫来讲，他发现了这首诗蕴藏着一种新的内容，风格也有所创新，苏涣听了杜甫对他的赞许，又念了几首自己写的诗，“一女不得织，万夫受其寒。一夫不得意，四海行路难……”，等等。苏涣所念的诗，在杜甫听来功夫并不深，但格调与众不同。两人相谈甚欢。

杜甫情不自禁，提笔写道：“庞公不浪出，苏氏今有之。再闻涌新作，突过黄初诗。乾坤几反覆，扬马宜同时。今晨清镜中，胜食斋房芝。余发喜却变，白间生黑丝。昨夜舟火灭，湘娥帘外悲。百灵未敢散，风破寒江迟。”

杜甫和苏涣很快成了忘年之交。一天，苏涣来到杜甫的船上，他对杜甫说，听崔大人说从京城来了一个名角在靖港唱歌，名叫李龟年。杜甫一听“李龟年”三个字异常激动，生怕听错了，要苏涣再说一遍，确定无疑才放心，说马上开船去靖港。苏涣告诉说，过十天半月他会来潭州。杜甫知道自己的身体就像风里燃烧的蜡烛，分分秒秒都有熄灭的可能性。苏涣看着杜甫迫切的神情，答应陪同前往。

他乡遇故知，那种心情，别人不懂，也许苏涣懂。

08

链接>>>

靖港，原名芦江，地处沩水入湘江口，多洲滩，芦苇丛生，故名。唐武德四年，内乱频仍，高祖皇帝李渊派大将军李靖南下戡乱。李靖驻兵芦江，“军令严整，秋毫无犯，百姓德之，名其水曰靖港，以志不忘。”于是，芦江始更名靖港。逮及清末民初，航运业日趋发达，靖港以其天然良港之优势，成为船只进出长沙的北大门和避风港，每天停靠的船只数以千计。湘阴、益阳、宁乡及本地粮食土产多在此集散，曾为湖南四大米市之一，商贾云集，市场活跃，时称“小汉口”。当时流传着一句俗语，“船到靖港口，顺风也不走”，足见其盛。古镇现保存“8街4巷7码头”，民居1008栋，主街道长1275米，有数十处古商铺、作坊、会馆、庙宇和极具纪念意义的遗址，其中，“宏泰坊”“宁乡会馆”“当铺”“育婴堂”等明清古建筑保存较为完好。原临河所建房屋均为吊脚楼，独具江南水乡特色，蔚为壮观。古镇内远近闻名的还有“复兴塔”“观音庙”“紫云宫”等数处建筑，朝有千人作揖，夜有万盏明灯，香火旺盛，场面壮观。

李龟年，唐中期洛阳人，著名的歌唱家、音乐家。他精通音律，通晓多种演奏技巧，尤善吹奏笛子和筚篥。青年时期，李龟年曾任蕲（qí）州蕲县（今湖北蕲州）县丞，后由于音乐天赋被皇家宫廷乐队选中，并成为领军人物。唐玄宗时，李龟年、李彭年、李鹤年兄弟三人都有文艺天分，李彭年善舞，李龟年、李鹤年善歌，李龟年还擅吹筚篥，擅奏羯鼓，也长于作曲等。

他们创作的《渭川曲》特别受到唐玄宗的赏识。由于他们演艺精湛，王公大臣、富商大贾经常请他们去演唱，每次得到的赏赐都成千上万。他们在东都洛阳建造宅第，其规模甚至超过了公侯府第。

唐玄宗天宝年间，有一年京都兴庆宫沉香亭牡丹盛开，玄宗与杨贵妃同去赏花，李龟年带乐队尾随其后，随时演奏助兴。玄宗李隆基兴致高昂，又招来诗仙李白乘醉作新曲《新平乐》三首。李龟年当即歌唱，玄宗亲自吹玉笛伴奏。安史之乱打破了大唐升平世界，洛阳、长安相继陷落，皇帝逃至成都，李龟年也流亡江南。在湘中采访使举行的一次盛大宴会上，李龟年凄凉地唱了两首曲子，即王维的《相思》和《伊州歌》。一曲未尽，满座宾客早已是泪流满面，湿尽衣衫。安史之乱后，李龟年流落到江南，每遇良辰美景便演唱几曲，常令听者泫然而泣。

十三年后，李龟年仍流落在潭州。唐代宗大历三年（768年），诗人杜甫从四川奉节乘小舟沿江东下，希望“即从巴峡穿巫峡，便下襄阳向洛阳”。当船停泊在潭州时，在一次宴会上竟意外地遇见了李龟年，听到了他的演唱，就写了一首《江南逢李龟年》。杜甫在诗中描写李龟年当年：“岐王宅里寻常见，崔九堂前几度闻”。岐王即玄宗弟弟李范，崔九即殿中监崔涤，他们都是有权有势的人，也争相与李龟年交往，足见他的名气之大。杜甫挥毫写就“正是江南好风景，落花时节又逢君”，再后来就没有了李龟年的任何消息，不知所终。

李龟年是谁呀？他是唐开元时期“特承顾遇”“洞知律度”的歌唱家。在当时能听到李龟年唱歌，真不是件容易的事。杜甫因才华早著而得到岐王李范和秘书监崔涤的延接，才能在他们的府邸欣赏到李龟年的歌。

“往昔十四五，出游翰墨场”，少年杜甫的才华令杜甫自己都惊讶，结交的不是同辈少年而是年龄苍老的前辈。当时的洛阳名士崔尚、魏启心比杜甫年长二十多岁，但他们很赏识这位才子少年。高度评价杜甫的文章如班固、扬雄一样富有才气！杜甫对自己的才学也是颇为自信的。“读破万卷书，下笔如有神。”“赋料扬雄敌，诗看子建亲。李邕求识面，王翰愿卜邻。”好大的口气呀，因此，他经常出入上流社会的显赫人物为文艺家们提供的场所，这对年轻而富有聪明才智的杜甫来说，无疑是极好的艺术熏陶，读书，习字，赏乐，结交艺术名流。正是“饮酣视八极，俗物都茫茫”。苏涣告诉杜甫快到靖港了，杜甫奇怪去潭州时没见过靖港，苏涣说，也许是船夜行，船夫没报告。杜甫问，为何叫靖港？苏涣告诉说，沩水在这里入湘，叫沩港。唐武德四年（621 年），高祖李渊发动了一场规模空前浩大的战役，史称“唐平萧铣之战”。这场战役李渊采纳李靖的策略，任李靖为行军总管，进驻江南。李靖带兵追剿萧铣残部时，就安营扎寨在沩港。李靖带兵军纪严明，对当地百姓秋毫无犯。这与萧铣的兵对当地百姓的百般骚扰形成了强烈的对比，李靖回朝后，“沩港”的老百姓将“沩港”改称“靖港”……杜甫听后感慨万千，随即吟诗一首。

杜甫跟苏涣交往的时间里应写了很多诗（由于各种原因丢失了许多）。他们的船靠近靖港时，晚霞照亮了整个古镇。半边街上石埠牵系着大大小小一字排开的大船小船。船家的主妇们忙开了，炊烟迅速笼罩河面。空气中弥漫着淡淡的菜香味，人们都早早吃完饭，准备去听京城来的歌唱家演唱。整个古镇各家各户都点亮自家的屋檐下那盏大灯，照亮街道也照亮行路人。苏涣搀扶着杜甫找到李龟年唱歌的那家茶馆时，已经座无虚席，苏涣跟老板要一张小凳给杜甫坐。李龟年一亮嗓子，昔日的情怀令杜甫激动不已，泪流不止。“一从鼙鼓起渔阳，宫禁俄看蔓草荒。留得白头遗老在，谱将残恨说兴亡。”李龟年唱着突然又转调《贺郎儿》：“唱不尽兴亡梦幻，弹不尽悲伤感叹，凄凉满眼对江山，把天宝当年遗事弹……”杜甫要苏涣跟老板要来笔墨纸激情地写道：“岐王宅里寻常见，崔九堂前几度闻。正是江南好风景，落花时节又逢君。”写完长叹一声，要苏涣专门送给李龟年。李龟年读完诗，捧诗稿于台前，命梨园弟子略约词调，抚丝竹，激情高歌：“岐王宅里寻常见，崔九堂前几度闻。正是江南好风景，落花时节又逢君。”李龟年唱完，座中闻之，莫不掩泣罢酒。一位是著名的歌唱家，一位是有着“诗圣”称誉的诗人，被命运作弄的两位文化巨人颠沛流离，在湘江古镇靖港相逢。从岐王宅里、崔九堂前的“闻歌”，到落花江南的“重逢”。这个“闻”与“逢”之间，联结着四十年的时代沧桑。

两位巨人在靖港相逢就像沩水在靖港相逢湘江一样，成为历史的自然和必然！构成了当时巨幅的文化画面，是靖港古镇永远的骄傲！我们能在千年之后，阅读它，吟诵它，站在靖港古镇的某处，静静地倾听诗人的气息，是我们最大的幸运所在。诗人远去了！唐朝远去了！诗依旧永远永远滋养并温暖着亲近它的人……

09

链接>>>

贾谊（前200—前168年），洛阳（今属河南）人，西汉初年政论家、文学家，世称贾生。

贾谊少有才名，十八岁时以善文为郡人所称。汉文帝时任博士，迁太中大夫，受大臣周勃、灌婴排挤，谪为长沙王太傅，故后世亦称贾长沙、贾太傅。三年后被召回长安，为梁怀王太傅。梁怀王坠马而死，贾谊深自歉疚，抑郁而亡，时仅三十三岁。司马迁对屈原、贾谊都寄予同情，为二人写了一篇合传，后世因而往往把贾谊与屈原并称为“屈贾”。

贾谊著作主要有散文和辞赋两类。其政论文评论时政，风格朴实峻拔，议论酣畅，鲁迅称之为“西汉鸿文”，代表作有《过秦论》《论积贮疏》《陈政事疏》等。其辞赋皆为骚体，形式趋于散体化，是汉赋发展的先声，以《吊屈原赋》《鹏鸟赋》最为著名。

仿佛是色彩斑斓中的一角青阳，斜照着记忆深处那美丽而古老的长沙城。古城里那些幽深古朴的小巷，既没有行人也没有喧嚣。凹凸不平的麻石被时光的青苔占住，小巷两旁的墙垣虽然斑驳，仍很厚重，掉落的小块泥石，掷地有声，木子随着这声音，穿越到了小巷的昨天。

小巷深处，传来急促的噼里啪啦、啪啦噼里，没有固定的节奏，更谈不上美感了，一听是顽童们追追打打发出来的。这种硬木质的木屐，城里的每个小孩都有本事穿着它飞跑，摔跤是不曾有的事，顶多也就是跑急了滑掉一只，回头转身捡起套回脚上，继续他们的追追打打。

那被细雨蒙蒙点缀的小巷，幽远极了。这时，传来木屐声，像美妙音乐的节奏由远而近，踩在小巷的键盘上。木子知道一定是从豪宅深院里走出来的千金小姐，一把红红的油纸伞，在小巷的细雨中晃动，美妙动听的木屐声就是她散发出来的，这让操劳辛苦的市井女人羡慕死了，到了深深的夜晚，市井女人的爱美之心不死，见没有外人时，便在自家门口的小巷里东施效颦，学着千金小姐的样儿，来回走动，怎么走，也走不出千金小姐的韵味来，还怪累人的，叹一口气，只好作罢。

乡下人进城，对城里印象最深刻是城里人脚穿木屐，走路时，发出的那种富有节奏的声响，好听极了。走在街上，总往城里人的脚上看。回到乡里，找来木质较好的木板，依着鞋样，锯子一拉，不到半袋烟的工夫，一双鞋底出来了，找来废旧的布条做成宽带子，横钉在木质鞋底上，双脚套上去，来回走动，感觉还蛮不错，唯一遗憾的，乡里尽是泥巴路，木屐踏上去，怎么也发不出那清澈富有节奏的声音。在乡里人的意识里，城里的繁荣全是城里人穿的木屐发出的噼里啪啦的声音制造出来的。

木子从大西门和小西门之间的太平门，转到古老幽深的太傅里才到贾谊住宅。人们都有些困惑——超凡脱俗的贾谊住宅门前的小街竟与金线街为邻。长条而厚重的麻石铺就一路的沧桑，诉说着历史的悠久。

木子小心翼翼地在门口站住了。有人告诉她，贾太傅正在书房不便打扰。原来，贾太傅正在写汉赋名篇《吊屈原赋》。贾太傅从书房走出，面色苍白，因而显得清秀，宽大的前额和高高的鼻梁连成一气，形成标准的智慧的脸型，那敏锐而忧郁的眼神，望着天，长长地舒了一口气。

贾谊在赋中对屈原的遭遇表示的深切悼惜，其实就是对自己处境的伤感，因为两人经历有着太多的相似之处，将自己心中的愤慨不平与屈原的忧愁幽思融汇在一起，以表达对世间贤人失意、小人得志这种不公平状况的极大不满。孤独忧郁和充满激情的贾谊，当他写完《吊屈原赋》，长时间的沉默仿佛凝聚着往昔的一切悲痛，像浩渺的河流那般深沉，只感觉到血液、回忆、痛以及屈原魂魄在他的躯体和心里流淌。贾谊强烈的忠和痛苦的爱使他崇高的形象日益崇高，贾谊的忠，某些浅薄的人是无法认识的。贾谊为爱而痛苦，这一点可能谁都不清楚。谈《论积贮疏》那非凡的激情、智慧、治国之道是奉献给社稷的纯洁而炽烈的爱，是贾太傅用血肉和心灵写成。《论积贮疏》已编入中学课本，供中华儿女世世代代享用，让人们都学习和了解贾太傅的才能和他无与伦比的心灵的深邃和崇高，以及远大的政治抱负。

贾太傅的双手上捧着墨汗还未干的《吊屈原赋》书稿走出书房。那粗糙的素纸上，密密麻麻写满了字，笔迹圆润有力。现在它跟许多其他值得后人珍惜的书稿一样不见了。

时近初夏，树木萌发，虽有阳光璀璨，空气仍湿乎乎，滋润着万物，也包括一切人的疾痛。

贾太傅说自己在长沙见到了屈原大夫。那天贾太傅正在湘江边远望，一位老先生穿湿漉漉的长袍大褂来到他身旁。

贾太傅问；“来人是谁?”

“屈子是也。”来人响亮回答。

贾太傅十分惊讶，有种他乡遇故知的情感在心中涌动：“请问先生从哪里来?”

“从河中来!”屈原说完哈哈大笑起来。

贾太傅看着来人的模样像是刚从河里走出来的，全身湿漉漉的，特别叫人难忘的是那双眼睛像是多年经水冲刷的晶莹宝石，闪闪发光。

屈原告诉贾太傅，他现在的居住之处曾是自己来长沙的下榻之所。

木子翻旧志查阅，得知太傅里原名濯锦坊。楚汉时，城市居民居住之区称作坊。街坊邻居便是这样来的。相传屈原就在濯锦坊与百姓交谈，他为人真挚可靠，无论谁遇到痛苦或者悲哀的事，找到他，跟他诉说，他真挚的话语，有时只要一句，就能使痛苦得到憩息和解除。

因为他的高贵品质远远超过人们的想象。百姓们为报答他帮他洗衣，这样仍不足表达对屈原的感激之情，屈原走后，人们为纪念屈原改为濯锦坊。无独有偶，屈原另一居住地汨罗王笥山也有濯缨桥的地名，相传是屈原濯冠涤缨之处。

贾太傅知道公元前278年，秦攻破楚都郢。屈原悲愤之极作《怀沙》，投汨罗江而死。贾太傅觉得自己的遭遇与先生极其相似，两人都曾为当朝重臣，都有变革图强之志，又都遭权臣的诬陷。但贾太傅不太赞同先生所怀的儒家杀身成仁的思想，就算理想不能实现，也不能殉以生命。

后来一些学者，用贾谊和屈原的作品做比较，说什么在忧国忧民的忧患意识方面，贾谊没有屈原那样深沉，对自身理想的追求上，贾谊也不及屈原那么执着，等等。拿两个相距百年的人来作比较，本身就没有可行性，何来谁深沉、谁不深沉，谁执着，谁不执着呢？这样比来比去，贾谊和屈原的在天之灵也会不安。贾谊就是贾谊，屈原就是屈原。

木子走到被后人称为“天下第一井”的长怀井旁，井水依然清亮人影，井口的麻石仍幽幽地渗透着历史的沧桑和久远。

10

链接>>>

定王台，位于湖南省长沙市浏正街南，为西汉景帝之子长沙定王刘发所筑。他每年都要挑选出上好的大米，命专人专骑送往长安（今陕西西安）孝敬母亲，再运回长安的泥土，在长沙筑台。年复一年，从长安运回的泥土筑成了一座高台。每当夕阳西下之时，刘发便登台北望，遥寄对母亲的思念之情。所以，定王台也被人们称为“望母台”。

因刘发之母唐姬，原是程姬的侍女，出身微贱，汉景帝乃于公元前155年，封刘发赴当时被视为“南蛮之地”的长沙为王。西汉初期，长沙人烟稀少，被看成“卑湿贫国”。过了十四年，诸王晋京上朝，向父皇称寿歌舞，刘发只是略略张袖，低低举手。王宫里的侍臣都笑他笨拙。景帝也怪而问他，刘发回答说：“臣国小地狭，不足回旋。”景帝乃以武陵、零陵、桂阳增封给他。从此长沙王的封地就包有今湖南全省了。

《汉书》说，定王的母亲唐姬原是程姬的侍者，有一次景帝召程姬侍寝，程姬不愿意，令侍者唐儿假扮成她的样子与景帝过夜，那天晚上景帝喝醉了，以为是程姬，待发现唐儿有了身孕，才知侍寝的是唐儿。后唐儿生子刘发，晋封定王。刘发因“母微无宠”，被封到长沙这个“卑湿贫国”。

俯瞰长沙古城，定王台是最好的地方。在那里可以饱览长沙城的一切景色。

当年长沙定王刘发，无法望远，更无法望见远在长安的母亲。于是定王刘发派人运米去长安，再从长安运土回长沙，选择城东筑高台，希望登台能看见依稀中的母亲。于是就有了“南米北运，北土南运”这个孝感动天的故事。

木子同定王刘发见面的地方，定王刘发称作幽州台，也是被后人们称作定王台的地方。定王刘发踮起脚尖向北眺望，此时的定王腰膀特别挺拔，好像云雾中一棵挺拔的松。南方多雾，而且雾气很重，木子有些看不真切，只觉得定王是立在飒飒风中肩负重任的柱子。

定王似乎感觉到木子的想法，便吟唱起祖先汉高祖刘邦所作的《大风歌》：“大风起兮云飞扬，威加海内兮归故乡，安得猛士兮守四方！”短短的三句歌词，通过定王的吟唱，将历史的回顾、现实的感受、未来的思虑融合成一体，歌词气魄豪迈、格调苍凉、闻之动心，淋漓尽致地抒发出英雄感世、帝王忧国、游子思乡的复杂感情，堪称千古绝唱。

站在这块被后人称为“定王台”的地方，他说起自己的身世有些伤感和忧闷。故事发生在汉朝。刘发是汉景帝刘启的儿子，母亲名叫唐姬，是景帝宫中的侍婢。景帝刘启还不是太子的时候，有一天喝醉了，召宠幸的程姬侍夜，适逢程姬身上不便，只好叫侍婢唐姬替自己承欢，结果唐姬便因此而怀孕生子刘发。景帝登基以后，刘发和身份低微的母亲始终不受宠。景帝前元二年，也就是公元前 155 年，刘发被封为定王，封地在长沙。刘发离开繁华的长安，来到被称为“南蛮之地”的长沙为王。刘发心中最大的痛苦不是离开繁华的长安城，而是让他从此必须远离生身母亲。唐姬在后宫一直被贱视，儿子刘发是她唯一的支柱，离了儿子必然心里凄苦，远隔千里的儿子自然有所感应，也非常思念母亲，但他不能去长安探望母亲，便派人从长沙运米到长安去给母亲品尝，并从长安运泥土回长沙。一年又一年，定王就这样用长安的泥土在长沙城东筑起了高台，他每天登台遥望长安，思念母亲。

定王刘发对母亲的一往情深，被历代文人所推崇，使定王以“孝”著称于世，清人熊少牧诗曰：“城东百尺倚崔嵬，迢递长安载土来。一片夕阳春树绿，慈乌飞绕定王台。”定王的故事让木子的眼睛润湿了，通过泪眼看沐浴在阳光里的定王的身影，德孝的气脉包涌着他孤独的内心在波浪中行进，踏在从长安土筑就的高台上，他昂首耸立，母爱的力量是那样的不可估量，他的孤独、忧伤和痛苦仿佛得到了某种缓解。定王挥动着手臂，喃喃自语。时空渺渺，木子听不清定王说了些什么，却读懂了定王的手势，在残阳低照的氤氲里，定王高举的手臂似指点长沙这方水土，这方水土也在不可思议地洋溢着人伦温情，追逐着道德的走向。

定王很欣慰有人读懂了他。他邀请木子到定王府做客，木子忽而有些犹豫。就在这须臾，她恍然回过神来，曾经发生的一切都像白云过眼，刚才还是“陟屺遥瞻汉宫阙，凭栏犹见古河山”，转眼便是“不见定王城旧处，长怀贾傅井依然”。她听到悠悠的吟唱，才知道这已经是唐朝的时空了。

木子正惆怅不已，远远走过来几位长袍大褂模样的人。后来木子才知道他们是宋朝大名鼎鼎的大学士朱熹、张栻。可他们并不理会木子，正站在一旁。而是在定王台上神思悠远，感慨万千，于是朱熹摇晃着他那聪明智慧的脑袋赋诗一首。

他气势如虹，轻吟慢唱，是一支《登定王台》："寂寞番君后，光华帝子来。千年遗故国，万事只空台。日月东西见，湖山表里开。从知爽鸠乐，莫作雍门哀。"

余音未远，张栻已接上来唱："珍重南山路，驱羸几度来。未登高岳顶，空说妙高台。晓雾层层敛，奇峰面面开。山间原自乐，泽畔不须哀。"

听宋词句句吐悲声，声声传哀思，天地当为之动容，鬼神应为之哭泣，木子已经无可救药地沉沦——

古城阴，有官梅几许，红萼未宜簪。池面冰胶，墙腰雪老，云意还又沉沉。翠藤共闲穿径竹，渐笑语惊起卧沙禽。野老林泉，古王台榭，呼唤登临。

南去北来何事？荡湘云楚水，目极伤心。朱户黏鸡，金盘簇燕，空叹时序侵寻。记曾共西楼雅集，想垂柳还袅万丝金。待得归鞍到时，只怕春深。

来者是南宋著名词人姜夔，他的《一萼红·古城阴》领唱了整个宋时大合唱，词人们争咏定王台，吕胜的《满江红·登长沙定王台》，袁去华的《水调歌头·定王台》，张孝祥的《踏莎行·长沙牡丹花·定王台》……

木子从他们的词中，看到有台有榭，有亭有阁，花木扶疏，依稀可辨的定王台，游人络绎，人们都喜欢登临定王台吊古抒怀。“往事越千年”，现在虽是“风去台空江自流”，但诗歌中的定王台所形成的文化气场却永远不会消亡。宋词在此时此刻成为历史符号，也成为宋代的一个文化特征。

沉浸在宋词的韵律里，元朝的许有壬也踏歌而来了：黄叶纷飞弄早寒，楚山湘水隔长安。荒台蔓草凝清露，犹似思亲泪未干。

许有壬的吟唱虽然高昂，却是那样单调，没有和音，像是天空中漫漫散开的云。相传定王台台废址存，又称定王冈。后人在冈上建庙，称定王庙。宋时庙废，在此建长沙学宫。元朝把长沙学宫摧毁后，成为荒台蔓草之地。有诗为证：“台上风烟自渺茫，台边草树倍凄凉。”“台榭已同湘水渺，孝思恒在岳云头。”

在历史的长河中，汉文化马车开始驶进了元朝的屏蔽区。元曲的发展繁荣是文学艺术的一件幸事，但却是元代政治悲剧的结果。元蒙统治者入主中原后，采取一种民族歧视和否定文化的政策，知识分子的地位跌入了历朝历代的最低谷，十分卑微，导致元代文人心态的异化和变格。文人们从几千年来抒情言志的传统诗歌中走出来，出现了一批以“俗文学”的戏曲创作为谋生手段的文人，并由此而创造出了元曲。

汉文化的复兴在明朝萌芽，诗人李东阳带着《长沙竹枝词》从元曲中破茧而出：“马殷宫前红水流，定王台下暮云收。有井犹名贾太傅，无人不祭李潭州。”

清朝皇帝们饱读诗书，更看中了汉文化的仁孝，如何运用汉文化中的道德是他们的智慧。汉文化历来推崇读书人精忠报国，仁孝父母往爬上。讲究达则兼济天下，穷则独善其身。做一个仁者，是从体察民情开始的，爱自己的亲人，才会爱其他的人，才会“老吾老，以及人之老；幼吾幼，以及人之幼”。贾谊的忠彪炳千秋，成为忠诚的表率；定王的孝，是被后人不断演绎成为孝文化的符号。

诗人黄理元的《定王台怀古》：

白云长绕汉宫址，定王高台从此起。当年邱垄生莪蒿，渭水湘南隔千里。湘南慈竹绿丛丛，尽人崇台望眼中。自憾不能为孝笋，相依长此护青葱。

台上思亲何日已，秋去春来如陟屺。千秋孝思永不磨，唐妃程姬幸有子。

从诗中可以看出当时的人们是如何崇尚家中有孝子，此时崇尚孝文化的诗歌如雨后的春笋，在整个中原大地蔓延开来。王文清的《定王台怀古》、赵宁的《录定王台故址》、张先骏的《定王台故址》、阮文藻的《定王台》，无数文人学者借定王台抒发天然仁道之情的作品层出不穷，精美璀璨。

木子有幸见到了清同治时期来湘为官的夏献云，他将珍藏了多年的袖卷《重修定王台碑记》拿给木子看。她轻轻地打开袖卷，绢纸已经微微发黄，但绢面上的每一个字都鲜活着，散发出迷人的光芒，温暖着每一个亲近它的人。

11

链接>>>

湘江，长江流域洞庭湖水系。是湖南省最大河流。流经永州市、衡阳市、株洲市、湘潭市、长沙市，至岳阳市的湘阴县注入长江水系的洞庭湖。如以海洋河为源，湘江干流全长844公里，流域面积94660平方公里。唐宋时期。贞观十年（636年），唐太宗依山河形势将天下分为十道，湘江流域位于江南西道之境，包括潭州长沙郡、衡州衡阳郡、岳州巴陵郡、郴州桂阳郡、永州零陵郡及道州江华郡。广德二年（764年），置湖南观察使，驻衡州，“湖南”之名由此始，仍辖潭、衡、邵、永、道五州，湘江流域为其所辖。宋初，地方行政管理沿袭唐制，仍实行道、州郡、县三级制，太宗至道三年（997年）改道为路，湘江流域隶属于荆湖南路和荆湖北路，其中潭、衡、永、郴、道隶荆湖南路，岳州隶荆湖北路。

月光下，木子拥着一个体贴而随和的影子来到湘江边，习习的河风有些凉意。有些感慨：湘江、湘江 / 没有人陪你缓缓流去 / 没有人伫立倾听 / 你永恒的流水章句……清脆的掌声从江边的树林里传出。木子先是一惊，随后用警惕的月光（管它叫诗人的目光也无妨）搜寻着。看到一个若隐若现仙风道骨的人。

后来，木子才知道，遇到了唐朝的一位叫高昱的隐士。高昱给木子讲了他在湘江经历的奇遇。唐代开元年间，橘子洲住进了一位叫高昱的隐士。

高隐士惊讶橘子洲满地绿，晃入了一座枝叶亭亭如盖的大森林。夕阳的光透过绿叶的缝隙斜射下来，映衬出梦幻之感。

高隐士来到江边，看着滔滔北去的湘江，遥想起当年周昭王南下巡游，溺死在这湘江之中，一代君王，转瞬寂如尘土，如今又有多少人还能忆起？辉煌也好，寂寞也罢，一概付诸这滔滔江水。人生短暂，又如何才算不虚度年华。太阳怎么落下去，月亮又怎么升上来，高隐士全然不知。他见江边有一小舟，就泛舟江中，觉得有些累，就放倒身子，斜躺在舟中，仿佛一叶无人摇泛的小舟，静静地落在江面上。

突然一阵甜美悦耳的女子说话声，随着江风送入高隐士的耳膜。高隐士微微抬头循着声音望去，不远的江面，月光的辉映，散发光芒的三朵大荷花盛开江面上。声音仿佛从那花蕊中引放出来。接着，三个身着洁白衣裙的妙龄女郎从花蕊中飘然而生，静静地坐在花瓣上，洁白如雪的连衣裙与鲜艳的花瓣交相辉映，美轮美奂。

高隐士觉得人世间还有这般美景，亦梦亦幻，感觉自己徘徊在梦与现实之间。

“今夜天高云淡，玉兔吐辉，水阔波登，清风送爽，真是难得好天气。我们不如一边观赏美景，一边说说各自的心事。”

“瞧，那不远处有条小船，也不知是否有人，别把我们的话偷听了去。”有人反对说。

“不怕，如今世道多变，人心不古，即使船上有人，也不可能是甘心隐逸、洁身自好的高士，更不会来干预我们的事。”又有一人说道。

“早就听说：‘昭潭无底橘洲浮。’确实不假，虽然比不上东海的深广，却已令我们流连忘返，更何况这里有如此美丽的景致，还有我们要找的人物。”

“是呀！我生性喜欢学习佛教教义、自然要僧人。”

于是另二人一个说爱好道教，一个讲钟情儒教。

接着她们纵论本教义理，互相诘问，自我申辩，阐说精微细腻，辩驳侃侃而谈。高昱平生从未见过如此出色的辩手，也没听说过这样严谨的理论，不由叹羡不已。

当高昱听着看着兴致正浓时，那天仙般美丽的女子慢慢隐入花心，过了一会儿，那三朵荷花也从江面上消失了。

江水仍静静地流着，明月依旧照着。接连几个晚上，高昱泛舟江面，再也没有见到荷花和荷花仙子。一天午后，高昱泛舟来到岳麓山下的渡口，只听鞭炮声从山顶放响到山脚。原来，岳麓山上寺庙在为因渡江而被水淹死的弟子作法事。

高昱突然想起荷花仙子，接着又否定了，世上哪有这般悦目赏心的妖怪。那又是谁在作怪？天空里弥漫着一团恐怖的云雾。

接连几天三家的弟子又有好几个遇难。

高昱坐不住了，一大清早泛舟来到渡口。摆渡的人在清理船上的人，佛、道、儒三家弟子一律不准上船。一位道士吵着要上船。高昱走上前对他说："江中有妖怪，渡江必遭横祸。"道士大怒："你才是妖怪！有和尚、道士、儒生溺死，纯属偶然。我应朋友之召，必须渡江相会，即使有难，死而无悔。大丈夫绝不能失信于人！"厉声催促艄公赶快开船，船到江心，果然道士又被一股浪卷走了，其他的人无恙。

高昱扼腕叹息。

当一个儒生背着书囊来到渡口时，被高昱拦住，死活不放他上船。还将那夜所见所闻、刚才所见原原本本陈述一遍，恳求儒生不要一意孤行，免得横遭不测。谁知儒生也是犟脾气，听了高昱的话，非但没有退缩的意思，反而圆睁双眼、神情庄重地说："人的生死，命中注定，是福是祸，终难躲避。今日正逢我们家族聚会，祭奠祖先。吊唁乃是大礼，不可缺席。"儒生说完甩脱高昱，纵身跳上渡船就要船工解缆，高昱紧紧抓住儒生衣袖，发誓说："今天就是斩断我的手臂也不放你渡江送死！"

儒生急得双脚直跳，高声呼叫，可就是脱不开。忽然有一道白烟从水中飞了上来，绕住书生的腰就往水里拖。高昱和船上的人慌忙抓他的衣襟，不料书生的衣服突然沾上了一层鱼的涎沫，溜滑溜滑，根本无法攥住。随着“扑通”一声响，高昱叹道：“完了！这大概就是命运，确实无法抗拒。”

此时，一叶小舟飞速而来，船上站着两个人，一老一少，看见渡口围着不少人，他们想看个究竟。

高昱一看这一老一少像是道士，忙说：“你们从哪里来，要去哪里，赶快离开这儿，道士在这儿很危险!”

老人不知这儿发生了什么事，见有人对他说话，就回答道：“我是阳明山的唐勾鳖，今来到长沙，专程访友。不知这里发生了什么事，为什么你们的脸色都是如此苍白可怕?”

高昱早就听说阳阴山唐先生是个高人，能擒妖降魔，法术神奇，于是又惊又喜，将发生的一切说了一遍。

唐勾鳖勃然大怒：“大胆妖孽，竟敢如此害人，不能不除!”从随身携带的竹箱中取出纸和笔，写了几个红色的篆字，交给同来的弟子说：“你替我持符入水，勒令水怪立刻迁徙。”

那弟子接过符咒，念念有词，捧符入水，如履平地，转眼不见了。

过了大约一顿饭的工夫，弟子回来对众人说，他沿着河床，在水下走了数百丈，发现一个巨大的洞穴，明亮宽敞，犹如人间的厅堂。洞中有一张大石榻，三头大白豚，睡得正香，石榻旁数十头小白豚则在嬉耍。弟子捧符走进洞穴，三头大白豚猛然一惊，化作白衣美女，而小白豚也都变成童女。其中一个美女捧符大哭，恳求道：“请为我们转告仙师，就说我们不久前才从东海来此，颇爱此处景致，若能延缓三日，不胜感激。三日后一定返回，绝不拖延。”说着又各自捧出许多明珠，献给弟子。弟子推辞说：“珠宝对我来说，毫无用处。至于你们的要求，我禀告师父后再作决断。”

唐勾鳖思忖片刻，叮嘱弟子：“你再为我去告诉那些畜生，明天早晨必须离开这里，回东海去。不然的话，请来火神，直入洞穴，到时候悔之晚矣。”弟子奉命又去。三位美女号啕恸哭，悔之当初不该伤人性命。

次日清晨，高昱和唐勾鳖师徒等候在湘江边，只见一股黑气从江面升起，渐渐猛烈，随即昏天黑地，急浪奔涌，狂风夹杂着迅雷，好似暴风雨突然降落一般。激流中突然出现了三条大鱼，长达数丈，小鱼无数，簇拥着大鱼向下游游去，当那鱼群游出了视野，湘江顷刻间复归于风平浪静。

那几丈长的白豚和那娇柔的荷花丽人能是一回事吗？这没有可比性的两种物体，一直令高昱不能释怀。

木子听完后，惊得目瞪口呆，半晌回不过神来，美丽的湘江，还有这么一段鲜为人知的传奇。

只一步之遥的高昱起身随着江风飘然而去，无声无息，像温柔的月光，有些阴郁。

神秘、古老的气息，随着湘江北去，让人无法感知今夕何夕。

12

链接>>>

妙高峰：对于读书人来说，在长沙最该记住两个地方，一是岳麓书院，一是城南书院。岳麓书院让岳麓山熠熠生辉，城南书院则让妙高峰闻名遐迩。

长沙城南的妙高峰，面临湘江，风光秀丽，绍兴三十一年（1161年）抗金名将张浚，以观文殿大学士的职衔出使潭州。张浚是南宋大儒张栻之父，在此期间，张栻也随父来到潭州，寓居城南妙高峰下。

张栻闻衡阳名士胡五峰学问渊博，便从长沙到衡山听其讲学。学成返潭，邀集学者相与讲习，并在自己的寓所创建了城南书院，其父张浚为之亲题“城南书院”匾额。张栻和朱熹曾在此讲学论道，因而声名远扬。

20世纪90年代，木子要完成一部清末长沙抢米风潮的长篇纪实文学，于是花了差不多一年的时间，沿着长沙老地图留存的七座城门：黄道门、浏阳门、小吴门、湘春门、潮宗门、驿步门、德润门。走了大大小小的街巷差不多有近千条，走着走着，木子就发现了一个秘密——那些在档案馆和图书馆里都找不到的老地名，居然都在公交车站的站牌上挂着。

也就是在那年的寻访之中，她认识了妙高峰。

1910年，发生在老长沙的抢米风潮中有座被损毁的名建筑叫“南楼”，真搞不清这个“南楼”在哪里，木子经过多方寻找和查阅资料，终于弄清楚了，“南楼”就是现在的湖南第一师范的前身，它坐落在妙高峰之中。

“南楼”始创于清光绪二十九年（1903年），今仍存有由刘人熙撰文、谭延闿所书的《南楼记》碑拓片。

有关妙高峰本来面貌的记载，是在1937年的《力报》上刊发的一篇名为长沙风景古迹小志的文章，文中有一小段是这样描述妙高峰的：“妙高峰为全市最高峰。顶上有一块平地，建有亭于南峰，以供人休息。每当盛夏，这里可就热闹了，游人如织，茶座如鳞，一阵阵的微风送来，全把暑气吹散了，躺在柔软的藤椅上，喝着香味之清茶，望着对面麓山，在夕阳的反照下，金紫相间，彩色万变，真有说不出的奇伟美丽!”

这段文字木子读了三遍，感慨万千。简单的文字跨越百年，将景和韵都传到了眼前，让人悠然向往，这就是文字的力量和神奇呀!

后来，木子又在一本馆藏的资料里，查阅到建在妙高峰南峰的亭子名叫“卷云亭”，还附带着“卷云亭”由来的记载，大意是说，人坐在亭中，眼观天边一朵朵白云随风舒展逸动，翻滚如波涛，静时又似一群洁白的绵羊在慢慢行走。倘若眼神好些，就连羊儿的卷耳与弯角都可以分辨得出来。

有亭总会有联，卷云亭上的对联便是流传至今的名联“长与流芳，一片当年干净土；宛然浮玉，千秋此处妙高峰”。妙高峰所有的神韵、美景、情怀，一揽子都藏在这副对联里了！传说这副对联的上联还是路过妙高峰的神仙出的，当时的文人们集体凑出的下联。传说总是美好的，但有了这副对联，才能让历经几百年硝烟战火，已面目全非的妙高峰依然名声俱在。卷云亭多次被毁，却又一次次被有识之士重修重建、重建重修，才能让今天的人们依然可以穿过历史的烟云，在妙高峰的制高点见到这座让人们引以为豪的“卷云亭”。

跨过妙高峰城旧事街的牌楼，就能听到，在街边喝茶聊天的老爹爹讲的古情，讲南宋张浚、张栻父子在此创办的城南书院，讲纳湖和卷云楼等十景的历史故事，或者还会边打着节拍，边背诵让你听得莫名其妙的古诗：道脉开南楚，朱张仰昔贤。往来同讲席，沿革又荒烟。石断苔痕古，碑残绿字悬。来游重九日，怀古意茫然……

历史总在不断前进，城市总在不断变化，且是变得越来越好了，让老长沙也有了新味道。木子与文友们一起串街走巷，重新回味长沙的“城南旧事”。这些巷子里，有张栻和父亲张浚的旧事；有湘中知名之士陈本钦、孙鼎臣、何绍基等的旧事，也有湘中大儒李元度、左宗棠，革命家黄兴、陈天华的旧事；有徐特立、袁仲谦、张干等各位老师的旧事；还有何叔衡、周世钊、萧子升等同学们的旧事。在这些名人名事之外，更多的是生活在小巷里的老百姓们世世代代流传下来的市井故事。

文友们边走边看边聊，看着留存的部分古迹，彼此说着些自己知道的历史故事——妙高峰古街的有机改造是非常成功的，妙高峰下留存有两处南宋遗迹，一是福王墓，二是朱张渡。一行人沿着小巷折转，终于在居民楼栋之侧见到了被绿植环抱的“福王墓”真容。拾级而上，一座开阔肃穆的古墓就出现在眼前，墓主为南宋名臣赵汝愚。

赵汝愚曾任右相，以爱国忧君著称，力主抗金，敢于冲风冒雪，千里出征，可惜被权臣韩侂胄构陷，受贬为宁远军节度副使，并在赴永州途中于衡阳遇害。遗体运至长沙，南宋庆元二年丙辰落葬于妙高峰，后被理宗追封福王，谥号忠定。

往事越千年，就在这千年时光里，福王墓被多次重修，初具如今的规模。一般的墓碑都是一通，福王墓碑却是中高两低错开成三层的五通石碑，主碑刻“忠定赵福王墓”，右侧碑铭刻“大清宣统二年重修”等字样，左右最侧的两通碑上无字，但五通连肩的石碑却同样顶雕蟠龙纹，又有“子午山丁”石刻一方横嵌于墓前。墓前还有香炉、华表、墓庐。

福王墓与其他墓葬风格迥异，主墓顶心为圆纹，围绕顶心以放射纹拢下墓身，最底边三层则是横纹，使整个墓葬看上去坚固如堡垒。在砖与砖、石与石的接缝里，各种细小的植物倔强地生长出来，绿茸茸的一团团点缀着古墓，颇具萌态。

文友们寻访至此，莫不惊叹。古与今在这里交织，融为一体，成为一景，既有历史老故事，也有老城新故事，这就是老长沙与新味道交织的情形，也是看得见的长沙文明了。与时俱进的妙高峰，换了新颜，而坐落在妙高峰下占地 500 平方米的福王墓，越发古幽。

城市的发展既有张力也有内涵，它会让人拥有新，也会让人失去旧，它像一条挡不住的河流，穿城而过，蜿蜒曲折又充满活力与畅快。

木子喜欢日新月异而时尚艺术的新长沙，但得知老照壁已在长沙地图上消失，心里仍生出了淡淡的忧伤。长沙近代史上有两个事件让人格外心痛，一是“抢米风潮”，二是文夕大火。其中“抢米风潮”的发生地就在老照壁。

“抢米风潮”只有短短的七天时间，但它的历史意义和历史价值却是空前的。这次历史事件中，23 处领事馆受到冲击，也严重动摇了清政府的根基，翌年辛亥革命爆发更是将清政府的统治推向了末路。说远一点，老照壁起初是明朝明四将军府的屏墙，后来老照壁变成了街，是非常繁华的商业街，老照壁周边也就成了清代到民国初期老长沙城的政治、经济、文化中心。省、府、县三级政府环绕在其周围。老照壁的北出口是现在的中山路，在清朝叫“辕门上”，清代湖南巡抚署的大门叫“辕门”。老照壁东出口是府后街，清代长沙府署设在府后街，长沙县衙门就设在老照壁西北侧的潮宗街。在“抢米风潮”中，老百姓们一把火把“辕门”给烧了。曾经的清湖南巡抚署就是现在的青少年宫所在地。这是有迹可循的，在青少年宫里现在还立着一通乾隆御碑，上面刻有乾隆皇帝为蒋溥巡抚湖南所题的御诗。老长沙人有句口头禅，“登科如意，榜题老照壁”，就是这么一个承载着厚重历史事件和人文信息的地名。说没有就没有了，说替代就替代了，相信不少老长沙人都会感觉有些忧伤吧。

有人起声喊：“往这边走！”

木子恍然一惊，突然感觉对不起妙高峰似的，怎么眼睛看着妙高峰的人文景观，脚底踩着妙高峰的麻石板路面，心里却在为别处遗憾呢。

你看，脚下踩着的麻石也曾被古人踩过并留下了痕迹，古人是穿着怎样的鞋走过这弯弯小巷的？即便想象力有限，想不出古人特别是古代文人走路的姿势，但这被磨砺得棱角润滑的麻石，这春末夏初温软飘香的空气，未必就不是古人也沉醉过的。

沿着妙高峰巷一直往纵深处行走，空气里还弥漫着书香的味道，有琅琅读书声传来，也有运动员挥汗如雨训练的声音，上了层楼去眺望，就能看到围墙那边飞檐黑瓦，是一所书香浓郁的古老学校。

这读书声吵不吵？木子笑着朝一扇敞开的门里问，正在屋子里做家务的白发老人停下手，用柔软的长沙话说：“这是世上最好听的声音了，只有居住在妙高峰才听得到哩！”她的话语里充满了疼爱，似乎隔墙一师范校园里的那些青春飞扬的孩子都是她家的小辈。

沿着小街转悠，行不数十米，左旁或者右旁时不时会岔生出大小不一的小巷，沿着小巷走几个弯，也许还会回到原处，或者走啊走的，又到了一个完全陌生的所在。也不知道这些神秘的小巷到底要将人带到哪里去。

“南村”是木子一行的目的地之一，但大家对这个名字并没什么概念。或者它就是某条街巷的名字吧，总不能在这街头巷尾里还藏着一个“村”。且它叫南村，旁的哪儿总还应该有个“北村”吧，文友们聊着笑着继续打听“南村”怎么走，路人朝小巷的尽头点了点，说“从那儿弯上去……”

好吧，弯上去，寻不着再继续打听就是。

小巷的尽头是一处小坪，右侧有条上坡路不知所往，左侧低凹修有护栏，且有石墙石板维护，居中有一口四方古井。

古人多数是靠井水生存的，有村有人必有井，但城市的改造，使得老长沙的三千多口老井所剩不多，此处便留有一口。老城区有机更新后，家家户户都通了自来水和天然气，居民们不用再起早排队抢占公厕了，生活便利和美好是人人享受得到的，可这老井边却仍有居民在取水。井越千年，被称为老井，但井水却永远不老，它依旧清凉透亮。它叫“百龄井”。有人上前去问取水的居民，这井水卫生指数达标吗？居民笑笑回答：“没有自来水的时候，附近的居民喝的都是这井水，现在虽然有了卫生又方便的自来水，但附近的居民还是舍不得远离老井，就好像离不了老朋友一样。看这井水多好啊，提一桶回去洗洗涮涮，就算是拿来浇花也都是蛮好的。”

是呀！老井哺育了多少代人啊，陪伴了多少代人的时光，抚慰了多少代人的心绪，说是离开一口井，情绪上却如同与故土隔离，它就是一种根基，一种情结，亦是一种文化的洇染和沉积。

终于找到“南村”了，它其实是一栋公寓楼。

“南村”的左侧为妙高峰山体，陡坳上绿荫浓密，右侧即湖南第一师范。南村公寓楼是1926年方克刚与罗元鲲合力所建。岁月沧桑，女作家谢冰莹等好几个文人在南村留住过。“南村”也换了主人，但它却穿过了百年风云走到了现在。

修建“南村”的原主人方克刚是著名教育家，他在1914年创办妙高峰中学，1926年又创建南轩图书馆，藏书达1.7万册，并收藏了许多珍贵报刊，是在全国大有影响的民办图书馆之一。曾三次出任湖南督军、省长兼湘军总司令的谭延闿特为“南轩图书馆”题名，以表重视。

连接妙高峰南边的小巷叫“光裕里”，这儿更是艺术气息爆棚，在这不足两百米长的小巷里，长沙市湘剧院、长沙市花鼓戏剧院、天心区文化馆、天心区青少年宫等聚集，被长沙人称为“戏窝子”。

1989年，首届湖南“映山红”民间戏剧节就在此地开幕，全省15个民间剧团在这条街上演出长达三个月，使这条老街与妙高峰誉满三湘四水，两年一届的“中国映山红民间戏剧节”连续五届在这里举行，使这条街成为一条网红街，辽剧、扬剧、锡剧、黔剧、闽剧等40多个剧种都随之来到了长沙“戏剧一条街”的舞台上，展示它们的魅力。

妙高峰下的光裕里与全国各地的艺术结缘之后，为更好地展现

“戏剧一条街”的形象，硬件设施也及时跟了上来，在有机更新之后，仿古门楼，木雕门窗，一派古朴的传统风貌；飞天引路，桃杏相依，百草葳蕤，处处呈现梨园春色。更为别致的是，生、旦、净、丑等各种戏剧脸谱，还有扇、巾、斧、钺等各种戏剧道具模型，关汉卿、田汉、欧阳予倩等戏剧名家的艺术形象，以及映山红戏剧节历年的金奖剧目、传统湘剧花鼓戏剧照等，都被制作成了生动的浮雕或漆画，镶嵌在“戏剧一条街”两厢。

13

链接>>>

湘语，又称湘方言或湖南话，属汉藏语系汉语族，是汉语七大方言之一，是生活在湘江流域及其支系一带湖湘民系使用的主要语言。湘语分为新湘语和老湘语，新湘语以长沙话为代表，老湘语以娄底双峰话为代表。

古楚语核心区位于长江中游一带，楚语是湘语的祖语。现代湘语的使用者主要分布在湖南省相当部分地区，包括长沙、娄底、株洲、湘潭、岳阳、益阳、衡阳、邵阳、永州等。2010年统计湘语使用人口约为4500万。

长沙话，即长沙方言，属于新湘语。所谓长沙方言即长沙主城区和望城区、长沙县中南部以及宁乡市东北部所使用的语言（即长沙县和望城区方言与城区方言略有区别）。至于宁乡市和浏阳市的方言则与市区差异较大，其中浏阳东部的方言属于赣方言和客家方言，不能与长沙方言互通。长沙市区方言与湘潭市区方言和株洲市区方言大体相同，故三者之间可以互通。

长沙方言的特点是古全浊声母字舒声字清化为不送气清音，是新湘语的代表方言。与官话古全浊声母字清化平声送气仄声不送气不同。以下几组字长沙方言声母相同：（情=尽）（桃=道）（同=洞），而普通话前者都是送气清音。

有人说女人的一生如同池塘中的莲花，有的在超脱中盛开，有的接近于开放，有的被深深淹没于黑色的淤泥中……

由于某种机缘，木子来到有山有水有洲的神奇之地与名叫策的女人相遇。

山是人文地理交相辉映、巍峨耸立的岳麓山，水是滔滔北去的湘江水，洲是叶叶相交长在水中央、郁郁葱葱的橘子洲。

一方水土养一方人，木子想了解这里的女人。

策说要了解长沙的女人，先了解流经这里的湘江。

千里之外的湘江到这儿才显现她的女儿身，江水清澈幽浮，碧波荡漾，两岸绿草如茵，古树林立。江中盛产肉质鲜嫩、营养价值很高的鳖，江岸还生长着一种沁人心肺的名贵香草。它们营养了这方水土的人们，使得这儿的女人们个个长得白嫩鲜艳，光彩照人。

策说，这绝不是无中生有的，古书上有记载，刘勰在《文心雕龙》中评价南楚女人就用了四个惊心动魄的字："惊艳绝伦。"

当时的南楚就是现在的长沙所在地。

古时，女人们是用不着下田劳作的，在家生儿育女，闲时大家聚在一起拉拉家常。当时，策是最会说话的女人，她的话很幽默、很含蓄、很艺术、很巧妙，不经意间，句句妙语似玉盘滚珠，字字珠玑，回味无穷，好不让人羡慕，听她说话，是一种享受。女人没有事就往策家里跑，听她说话，学习学习！谁家里争吵，实在劝不开来，策一到，就平息了风波。策善于把一些平凡的话语，经过提炼，修改，加工成幽默、诙谐、风趣、引人发笑的语句。策的随意，策的舒坦，策的逍遥自在。

策把木子带到一条古老而又时尚的街上，木子只顾看新鲜时，策一下不见了踪影。

木子开始用游离的眼神，打量从身边走的女人，是呀！她们不仅传承了先人的美貌，穿着和打扮融进了许多的现代时尚元素，很是赏心悦目。

这时，在街上的不远处传来恼人的争吵声，炎热的天气，听到这种争吵，会使人的血管突然崩裂的。

看热闹是人的天性，听到争吵声似听到神秘的召唤，潮水般一层一层地包涌上去，争吵的双方见看热闹的人多就越吵越起劲。

这时一位有些年纪的女人，拨开人群，冲着两名正争得来劲的人，口吐莲花，云里雾里，说了一气，争吵很快平息下来。

因为人多，声音太杂，站在远处的木子没听清那劝架的女人说了些什么，当这个满脸涨红劝架的女人经过身边时，木子看见她那双不再年轻的眼睛和那充满诱惑、薄薄的嘴唇，给人一种神往的魅力。

“长沙女人的嘴真厉害，扫机关枪似的一下子就劝住了架。”一个操外地口音的人说。

“长沙女人就是喜欢管闲事，当众显狠！”

“当众显狠，要有本事！”外地人似乎很不喜欢别人这样说长沙女人，“当今社会，就是需要这样显狠的人！”

“她们会策！”

…………

“策”与“扯”长沙方言同音，据说，长沙男耕女织时代，女人们在家织布时，麻线纠结在一起，便叫来三四个姐妹扯牵清楚。从织布扯麻线引申开来，要将一件事理说清楚，必须“扯”，即“策”。

俗话说，三个女人一台戏。只要长沙女人坐在一起，便如一群小鸟叽叽喳喳，天南海北策开了。大到国际时事政治，小到家常小事，更多的是策策自己工作生活中的烦心事。一边策，一边找到了解决问题的主见和点子，越策越开心。长沙女人美丽，与“策”分不开，女人们烦恼不开心，在一起策策，倒出心中的苦水，变得快乐起来。“策”会策出健康美丽来。女人们在一起“策”，还会“策出”工作上的思路和生活中的出路。湘女多情，湘女有出息。从古至今，从长沙走出去的湘女，都有一张口齿伶俐的小嘴，能口吐莲花，都是艳惊四座、一鸣惊人的红颜，这都与“策”分不开。

“莫策哒咯！”这是长沙孩子对母亲说得最多的一句话，已成口头禅。

“烦躁死哒，被我娘老子策晕哒哩！”这是孩子间相互常说的一句对白。

被“策”可以说是长沙每个孩子在家中的必修课。孩子们的成长几乎在“策”声中完成，在学校被老师“策”，在家里被父母“策”。

“快做作业，‘策神’来哒！”

“快关电脑，上床睡觉，‘策神’来哒！”

“别摸麻将了，‘策神’来哒!”

“别看股市啦，‘策神’来哒!”

…………

“策”还真有震撼力，女人们的“策”。“策”得孩子个个有出息，“策”得男人个个事业有成。

女人们对“策”充满了自信，并要与时俱进。

男人们又恨又爱地说：月亮是被她们“策”圆的，白菜是被她们“策”白的，石头是被她们“策”活的……

女人们笑嘻嘻地回答说：不“策”日子何得完咯!

木子恍然大悟，“策”是长沙女人过日子的一种方式，是属于在池塘超脱盛开的莲花。

14

链接>>>

鹅羊山，曾名东华山，亦谓之石宝山，位于长沙市开福区境内，倚湘江东岸，隔江对望河西谷山，江心为许家洲（今月亮岛），三者构成长沙城北第一道风景线。鹅羊山以形得名，远望如鹅似羊，山多奇石，或踞或立，登高眺远，星沙景物尽收眼底。

据当地老渔民说，鹅羊山前第一峰顶，曾有寺庙一所，至今仍有“此庙敲钟擂鼓，隔江祝融寺响声”的传闻。此外，山上原有王益州提督墓，墓前曾立石人、石马、石龟，现已被盗去人首马头。山下有李氏姑嫂贞节牌坊，高约十米，额书“圣旨”“忠孝节义”等字，今已不复存在。附近还有明东华书院考场和相传关羽攻长沙时的险要——母山寨等。

从长沙城的喧嚣中穿过，向北向北，沐浴着初冬的暖阳和柔风，拍打下城里的风尘，木子和文友一道去鹅羊山，给心灵一次放牧。

鹅羊山，位于长沙市开福区境内，傍湘江东岸，自古为道教圣地。“山多奇石，或踞或立，状如鹅羊，故名”。据《大明统一志》：“鹅羊山乃中国七十二福地之二十二列。”故此山乃得道之所，得福之地。

远眺鹅羊山，西有湘江奔腾北去，东有祖山巍峨而立，隐含“青龙蜿蜒，白虎驯府”的风水福荫，大有民间传说“左青龙，右白虎”的帝王福相，平凡的山峦，蕴藏着高贵的凌厉与霸气，敛藏千年灵性。

漫步鹅羊山，肌肤触摸着空气的温润与花草的芳香，身心舒缓，别有一番意境。传说鹅羊山中有八景，古代留有古寺庙、古墓、古贞节牌坊……还有石人石马石龟。

几经沧桑，多已湮没，遗迹难以寻觅。传闻中，山中有寺庙一座，重阁飞檐，雕梁画栋，寺内墙上多有题咏，更有“此庙敲钟擂鼓，隔江祝融响声”的神奇。由于时代的久远，山上觅踪，那些被风雨剥蚀的残片和印痕，只能给人打开记忆的大门，透过历史的深处，看见岁月的模糊，风云际会，河汉浩渺，时间洗礼后，早已了若无痕，只有用心灵去感受昔日的容颜与尊严，思想和智慧。可想而知，山中有高人炼丹，修成正果，得道成仙，故有“羽客何年此炼丹，尚留空灶镇孱颜。云中鸡犬仙应远，山下鹅羊石转顽”的诗句。鹅羊山不是一座普通的山，是有着厚重历史文化的山，有着传奇色彩神秘的山。

抛却那些久远的故事，现实中的鹅羊山朗然入目。水似阳光流泻在山中，寂静安详；风似花朵开放在林间，清波暖流。如镜的清湖，梦幻一般，让人忘记自己的来路。人只有孤单寂寞时，才来寻找心灵的寄托。环湖一周，看那些被水滋润过的草木，葱葱郁郁。每一根树枝，每一片绿叶都是最纯洁浓情的表达，写满爱的呢喃。空气中弥漫着温馨、清新、淡雅之气，让人在劳顿中放松身心，打捞希望和期待。大片大片的森林，满眼的绿意，一如充满生灵的音符，日夜奔腾不息……

轻轻地，当木子的眼神再次抚摸鹅羊山的风水格调，宝地福荫，顿感一种美好的思绪投映在心灵深处。

北去的湘江，逶逦而往。她用圣洁的母乳滋润大地，滋润万物。她宽阔、清澈、慈爱，给了长沙城生命和财富。傍河的鹅羊山正是母亲河浇灌成长。“湖南福地说鹅羊，叠嶂层峦接大荒。云气四时连岳麓，山形千古捍潇湘”。这首诗正是写照。

湘江水正是鹅羊山“风水宝地”的水源，流了几千年，人们沉醉于她的流动里，就像沉醉于幸福的童年。正是有这一条龙脉，人们处处可以感受到春天的节奏和韵味。山林中跌水的瀑布，平平仄仄的音响，敲打着大地的心扉。在滴滴答答的声音中，仿佛听到自己的名字。

风，自湘江而来，穿过鹅羊山的古柏青竹，让人感到生命被爱包围般热烈。自由自在，生命的起伏，无声的流动，牵引着大地的快乐。迎着河风吹来的方向屏住呼吸，聆听初冬的阳光躺在树叶上的动静，木子嗅到了风带来的智者思想的声音，嗅到了一汪江水泛起的水鸟的微语，嗅到了远处经济开发的浪潮。在鹅羊山伫立，聆听风声水声和鸣，心灵一片安详平静。

人，乃万物之中的一个符号。通体透明的水里，无形无色的风中，包含着智慧的沉淀、财富的归属、文明的堆积和未来超越的方向，这也许是古代风水文化的寓意。

面对城市的纷繁和利益驱使，人们的灵魂总是那么艰辛地挣扎和劳累，真想找一处僻静的林野喘息，真想找一处宁静的风景搭建一座属于自己的小屋。小屋四周被绿荫遮掩，屋上爬满常春藤，沐浴着清风明月。清晨，小鸟在林中和鸣，快乐地飞过屋顶；傍晚，坐在门前的木椅上，在芬芳的晚风里，端一杯清茶看近处的江河奔流。屋外古木的阶梯上，寂寞的苔藓栖息着青蛙，曲曲弯弯的小桥流水中夹杂着小虫子的歌唱。山林遍地的野花绽放，在馨香的花蕊里，在飘曳的草叶间，心安理得地享受人间的快意。

15

链接>>>

火宫殿位于湖南省长沙市坡子街，是集传统民俗文化、火庙文化、饮食文化于一体的具有代表性的大众场所，它不仅是长沙市的著名特色景点，同时也是一家驰名中外的“中华老字号”企业。在火宫殿可以吃到各种长沙和湖南小吃，比如长沙臭豆腐、正宗红烧肉、糍粑，等等。主要游玩项目有火宫殿庙会、火宫殿救火会、丽泽学堂等。

木子对长沙人的了解，印象最深刻就是嗜辣，已经达到“无辣不成宴、无辣不成菜、无辣则无味”的程度。湘菜最主要的特点就是一个字：辣。长沙近现代名人辈出，都和辣椒有千丝万缕的联系。有句著名的口头禅是：“不吃辣椒不革命!”辣是湘菜的灵魂，“无辣不成湘”成为湘人的饮食个性。所有的菜都离不开辣椒这一主角，民间流传着一句民谚：“成都人不怕辣，长沙人辣不怕。”在长沙，男女老少普遍嗜辣，一日三餐中必然少不了辣椒。

辣椒作为舶来品，在湖南这块土地上得到了特别的礼遇，它迅速生根、开花、结果、繁衍扩张，使这里成为它的“第二故乡”。人们还把辣椒当药吃，“夏吃辣椒祛风湿，冬吃辣椒驱风寒”说的就是这个道理。

在长沙，几乎所有的菜都离不开辣椒这一主角，辣椒炒肉、剁椒鱼头、辣椒炒香干、辣椒爆炒腰花，等等，就连炒白菜也忘不了放上一把辣椒!

剁椒鱼头是长沙的传统名菜。相传，这道菜是清朝文人黄宗宪在躲避文字狱的途中发掘的农家美味。要品尝地道的剁椒鱼头，长沙天心阁对面的“九龙鱼头王”是一个不错的去处。

不过，长沙人绝不会把辣椒当成普通蔬菜来对待，而是将它以各种形式进行烹制。长沙人吃辣椒花样繁多，除了烹调时将其用作作料之外，还常常单吃。

湘菜中的辣味不单一，有很多讲究，分为酸辣、麻辣、油辣、香辣、脆辣、鲜辣、苦辣等。千姿百态的辣味在粗尝之下，口腔舌尖尽是辛辣味，细细品尝后，方觉回味无穷。

清朝入关那年，辣椒这种神秘的植物传入中国。神奇的是，辣椒在全国各地都有种植，人们也不同程度地食用它，然而偏偏在三湘大地上种出来的辣椒，既可以作用于人，也可以作用于事。

被誉为“三百年来中国美术史上艺术巅峰”的齐白石，下笔鲜明热烈、纵横豪气、老辣极致。人们从他的饮食方面研究，原来他餐餐要吃辣椒，“辣椒炒肉”则是他的最爱。原来是几十年深厚的辣椒根底，成就了他如此泼辣、火辣、老辣的艺术风格！

来长沙的客人，看到满桌红艳艳、带辣椒的湘菜，直咽口水，即使惧辣，也跃跃欲试！

除了辣味菜，腊味菜也是长沙美食的一大特色，梁实秋曾肯定地说：“湖南腊肉，天下第一。”

由于长沙气候温暖潮湿，新鲜的肉类食品无法长久储存，因此早在汉代，长沙的先民就开始熏制腊肉。千百年来，智慧的人们已经将腊肉做成五花八门的佳肴，其中“腊味合蒸”已经成为经典。

腊味合蒸，菜名朴实无华，制作也并不烦琐，将腊肉、腊鸡、腊鱼切成薄片入钵，加入鸡汤和调料，置于火上清蒸即可。揭开笼盖，浓郁的腊香味伴随着升腾而起的白雾迎面扑来，美妙非常，蒸熟的腊肉色泽红亮，泛着油光的肉片带着醇厚的汁水，晶莹闪动，吃起来咸香适口、柔韧不腻。

长沙还有一道家喻户晓的名菜：毛氏红烧肉。这道菜又叫毛家红烧肉，因备受毛主席喜爱而得名。毛氏红烧肉与普通的红烧肉有所不同，配料除了选取常规的八角、桂皮、生姜外，还要加入湖南特有的豆豉和朝天椒，味道奇香。

此外，毛氏红烧肉还有一个与众不同之处，那就是在制作中不加酱油，而是用糖色进行着色，当糖色变为褐色，即可下入五花肉和配料，烧出来的糖色鲜红润泽、明艳动人。

长沙小吃名扬天下，最著名的莫过于火宫殿的湘味小吃。火宫殿汇集了三湘大地的特色小吃，制作精细、口味各异，种类繁多得令人眼花缭乱。

明万历年间，古老的长沙城西南有一条名叫“坡子街”的小街，街上有一座远近闻名的火神庙，香火旺盛，因此这里天天车水马龙，热闹非凡。在这里，人们几乎可以吃到所有经典的长沙小吃，因此享誉三湘。

古时，人们在火宫殿一边吃着小吃，一边观看戏台上一场接一场的戏曲，从上午到深夜，锣鼓声、湘剧高腔、花鼓唱腔、掌声不绝于耳，汇成一曲动人的火庙文化交响乐，也形成一道独特的民俗景观。

长沙臭豆腐举世闻名，它虽然看起来黑乎乎、闻起来臭熏熏，吃起来却美滋滋、热辣辣、香喷喷。将臭豆腐炸到焦脆，夹破表皮，让调味汁充分渗透进内里，绵软鲜嫩之中满口香辣，外地人吃得满头大汗，吐着舌头说：“辣是辣，就是要吃这个味！”这种酣畅淋漓的自豪和成就感，远远超出了臭豆腐本身的价值所在。

现在，火宫殿的小吃品种上千，闻名遐迩的除了臭豆腐，还有长沙发糕、白粒丸、双燕馄饨、德园包子、糖油粑粑、王村米豆腐、姊妹团子、龙脂猪血、紫油姜、紫苏梅子、凤凰血肠粑、鳞皮豆腐……往来游客络绎不绝。

16

链接>>>

马王堆汉墓，位于湖南省长沙市芙蓉区东郊四千米处浏阳河旁的马王堆街道，是西汉初期长沙国丞相、轪侯利苍的家族墓地。马王堆汉墓于1972—1974年先后进行三次考古发掘，墓葬的结构宏伟复杂，三座都是北侧有墓道的长方形竖穴墓，椁室构筑在墓坑底部，墓底和椁室周围，都塞满木炭和白膏泥，然后层层填土，夯实封固。

马王堆女尸被挖掘出土后，很多人猜测女尸的身份，后来证实她便是辛追夫人，汉朝长沙国丞相利苍的妻子。据史料记载，辛追夫人死于公元前168年，去世时约五十岁，到1972年辛追夫人的墓地被发现已经过去两千多年。

人有究本溯源、烂漫未来的情结。它让木子想看爷爷辈以及爷爷的爷爷时的湘江。湘江是木子最喜欢的河流。从万河之源的青藏高原流出的大江大河几乎都是向东流入大江、大海、大洋。唯独湘江很个性很倔强地向北。生活在湘江两岸的人们性格也是倔强，做人做事敢为天下先。古书记载：昭王南巡而不归！民间传说：周朝周天子昭王率六师南下巡游，长沙人造了一艘豪华坚固的大龙船献给不善水性的昭王。昭王对停留在岸上的大船心喜但不放心，令将士进行检查。最后将士们报告昭王说大龙船坚固无比。昭王选了一个黄道吉日，随大龙船下水。将士们都随昭王坐上了大龙船在浩瀚的湘江巡游，湘江两岸的美丽景色和渔公的歌声，使得龙颜大悦。就在江面巡游第七天的夜晚，大龙船突然全部散架，湍急的江水吞噬了不善水性的昭王和他的将士们！昭王就这样葬身于湘江。这都是喝着湘水长大的长沙人所为，他们憎恨北边的君王常带兵来骚扰，然而又无力抵抗他们南下，于是造了这艘全由糯米黏合而成的大龙船，船在岸上坚固无比，下河遇水糯米泡发失去黏性。成千上万条的河流，淹死过君王的河流只有湘江，一代君王这样转瞬而逝随湘江北去。望着日夜流畅的江水，仿佛此情此景又是一场逼真的梦魇，逐清风于林杪，追素月于野塘。北去的湘江虽承载着太多太多的历史，仍然义无反顾地向北向北！沿岸的乡村古镇是否也面朝北方春暖夏凉。当年的古城长沙，湘江从身边流过，流进八百里洞庭。湘江沿岸的水草里有屈原的大鱼儿栖居。

这片水泽天国里有娥皇、女英沿湘江千里寻夫的传说，也就有了湘神之说！当她俩得知“舜帝崩于苍梧之野，葬于九嶷”时，扶竹而泣，感天动地。斑竹一枝千滴泪！湘江应该是装满一江神秘传说的那条河。静静流淌的河水很少向世人诉说它的过往，它喜欢的是夏天人们在怀里嬉戏，秋天、春天，都有喜欢的活动，五月初五端午节赛龙舟，从开始到结束湘江要热闹好一阵子。

南方多雨潮湿，润物细无声的水雾能把一切坚挺无比的东西滋润得无影无踪。而在人们的记忆里，遥远的历史如同永恒的冬天，永远不可触碰。木子一度确信博物馆陈列的文物和古迹会传递各种各样不同的信息，不然它们存活至今又有什么意义呢？木子想，也许是人在进化过程中把这个方式弄没了。怎样才能找回来呢？如果找寻到了，跟古人聊天绝对不是神话！后人也不至于通过挖掘祖宗的坟墓来了解历史！古墓遭遇一次又一次盗挖，也不知历了几世几劫，一直没被忘却，一次次被填满又一次次被挖开。就连清朝，他们把风水看得比什么都重，都干过盗墓这种令人不齿的行为。他们本来想挖出前朝皇帝，结果挖出了一个女性尸体。在长沙的马王堆挖掘的是一个辛追夫人。特殊的年月为了应对国际复杂的形势采取了一系列的策略。其中一条措施是“深挖洞，广积粮，不称霸”。马王堆是这条国策的战利品。那天……

人们已经记不起马王堆那千年老太太临死前的表情了。医生在老太太的喉咙里发现了水果籽，这是怎样历经千年不坏的水果籽。老太太是用完中餐后吃水果，水果的籽卡在喉咙里丢掉了性命。乍一听令人扼腕叹息！这颗水果籽已随老太太载入史册。

起风了，地上的落叶仿佛又有了生命的感觉，不远处是一个被水葫芦覆盖的池塘，池边的树木很美地生长着，可惜的是长在池塘边却无法拥有迷人的倒影。明晃晃的阳光使树木拥有时而被拉长时而改变方向的影子，人们在树下纳凉，说些树、草和水葫芦都听不懂的家常。太阳也只能在树梢热烈地闪动。

木子突然想起了之前为马王堆的那位老太太写过的诗句：

1

我认识你
西汉长沙国里的渔阳公主
一个风姿绰约的美少女
你纯洁无瑕的脸庞
迷恋着几多的年少
一头乌黑亮丽的长发
抖擞着全城的风骚

2

我知道你

你美丽的名字叫辛追

文文静静成长

热热闹闹出嫁

做了长沙国丞相利苍的贤妻

撩起楚湘大地的嫉妒

时光在空中被分割

渺无音讯地流走

和你一样逝者如斯

3

也许你读懂了春秋战国

也许你略知秦皇汉武

也许你渲染了孔孟之道

你总是将巫傩文化的野性

附上知书达礼的灵气

你总是用乖巧的聪慧

附上男人的雄才大略

一双纤细白嫩的手
调和着夫君与民众的关系
善良的人性涵盖楚湘全境

4

认识你是我的荣幸
你打开两千多年的历史文化
长沙，一个来自天国的名字
二十八星宿分野
吉祥的瑞气弥漫三湘大地
因为你，人们才从记忆中
翻出古长沙农商的繁华
翻出对楚湘倔强人性的认同

5

屈原写离骚哀民生之艰
贾谊遭贬谪仍抑恶扬善
你信奉巫文化扶弱锄强
用昨天的荒诞

演绎理性的当下
用迷茫的信仰
探索湖湘文化的奥妙

6

人世间有悲剧
长沙国将衰亡
你的不幸也有神巫应验
骤然的消息使你飘若仙烟

7

那个叫马王堆的地方
你静静地躺了两千多年
最高规格的厚礼让你安眠
你穿着那四十九克的素纱蝉衣
你使用着那些惯用的家什
那些菜果散发着新鲜的气味
恍如昨天

8

记得你，长沙千年老太太
你是世人尊敬的老太太
因为你，马王堆的名字
在世界的星空
激荡出灿烂历史的符号
彩绘出长沙历史文化奇迹
填补了人类的文明档案

熟练轻容软似绵，
短衫披帛不絣缠。
萧郎急卧衣裳乱，
往往天明在花前。

一二句写女子。女子的体态洁白美丽，柔软无骨，她穿着短袖单衣，披着丝织绸缎，绰约娇媚。三四句写男子。男子面对风流女郎急不可耐，流连于风花雪月，一夜风流到天亮。

日红衫子合罗裙，
尽日看花不厌春。
更向妆台重注口，
无那萧郎悭煞人。

这是一首怀春诗，袒露出一个妙龄女子的浪漫心迹。大意是：女子迎着朝霞，身着漂亮上衫和美丽的丝绸套裙，风姿绰约。她尽情赏春观花，等着心上人的到来，不厌弃春天的美好。她多次走到化妆台前，涂脂抹粉，涂上口红。无奈心上人感情吝啬，不来与女子相见。

寒食元无火，
青松自有烟。
鸟啼新上柳，
人拜古坟前。

这是一首民俗诗。大意是：寒食节是禁火日没有烟火，但青松郁郁葱葱，云蒸霞蔚。鸟鸣声声千古不绝，新柳丝丝催绽百花。人们在寒食日拜坟扫墓，重祖尊贤。

竹林青郁郁，
鸿雁北向飞。
今日是假日，
早放学郎归。

这是老师放学生假的诗。大意是：春天里青青的竹子生机勃发。春江水暖，越冬的鸿雁，纷纷向北飞。今天是假日，不要把学生关在笼子里，让他们早点回家，无拘无束地欣赏春光。

新妇家家有，
新郎何处无。
论情好果报，
嫁取可怜夫。

这是一首写嫁娶的诗。大意是，新郎新娘男婚女嫁，家家处处都有。只有以爱情为缘由的嫁娶，才能嫁到可爱的好丈夫。

二八谁家女，
临河洗旧妆。
水流红粉尽，
风送绮罗香。

这是首表达爱情的诗。大意是：一个年方十六岁的少女，到河边洗去脸上的装扮。流水将少女的红粉洗去了，微风吹动少女的裙子，送来少女的芳香。

作客来多日，
常怀一肚愁。
路逢千丈木，
堪作望乡楼。

这是一首自叙诗。大意是：诗人为躲避灾难而焦急难熬，惶惶不可终日。但遇见一个权高势大的人让诗人绝处逢生。诗人不仅得到庇护，还可借助权威高的人探听家乡的动静。

世人皆为别，
此处泪痕多。
送客醉南酒，
悬令听楚歌。

这是一首悼亡诗。第一句意为“人生自古谁无死”。第二句写面对亡者，悲伤哭泣的人很多。第三句设酒祭奠，送客西行。最后一句，亡者在冥冥之中听到激越楚歌，灵魂就不会孤寂而千古安息。

买人心惆怅，
卖人心不安。
题诗安瓶上，
将与买人看。

画上题诗，瓷器上题诗，使原本恬淡的美，尤增神韵与灵性。首句写买者心情悲愁。二句写卖者见买者悲愁，出于同情心下不安。三句写卖者想出了题诗于瓶上的办法，使买卖双方趋同一致。四句写卖者把题了诗的瓶卖给买者。

街下满梅树，

春来画不成。

腹中花易发，

荫处苦难生。

这是首借物喻人的讽喻诗。大意为：庭院台阶之下，长满了梅树。春天来了，梅树再开不出花了。而盆栽的花草，容易发芽开花，但在没有阳光的荫处，也很难生长下去。

一暑寒梅南北枝，
每年花开不同时。
南枝昨夜花开尽，
北内梅花犹未知。

这是一首咏梅诗。大意是：一棵梅树南北分枝，多年来南枝北枝开花时间都不一致。南枝一个晚上全都开花了，北枝却一点花开的动静也没有。寓意世态有炎凉，人生境遇有好坏。

单乔亦是乔，
着木亦成桥。
除却乔边木，
着女便成娇。

此诗古称离合诗。诗中以乔字为核，加此去彼，连贯起来形成诗。这首诗在儿童发蒙认字时起作用，对儿童有启迪作用。

须饮三杯万事休，
眼前花发四肢柔。
不知酒是龙泉剑，
吃入肠中别何愁。

这是饮酒诗。一二句表现出醉歌放浪的形骸。三四句意为饮醉后，一切愁闷离去。寓意为纵酒取乐，不与世事，消极人生。

孤竹生南岭，
安根本自危。
每蒙东日照，
常被北风吹。

这是一首咏物诗，借物喻人。大意是：一个无依无靠之人，宛如生于南方的一根竹子，身高根浅缺乏保护。每天虽有日晒的温暖，背后却总有吹逆风的作梗。

东家种桃李，
一半向西邻。
幸有余光在，
因何不与人。

这是托物抒怀诗。大意是：东家的桃李成荫，高高的树枝已经伸到西边邻居家了。年纪大了，虽已如落日余晖，但仍能发挥余热，给人力所能及帮助，我不正是这样做的吗？

衣裳不如法，

人前满面修。

行时无风彩，

坐在下行头。

这是一首规劝诗。大意是：穿着不符规矩，站在人前就会感到羞愧。行走也无风采，入座不能前排就位。喻为衣冠不整者，不能登大雅之堂。

天明日月奣，
立月已三龙。
言身一寸谢，
千里重金钟。

本诗为拆字诗。“天明日月”是“奣”字拆开，反过来“奣”又是其组合；“立月”“已三”合起来是“龙”的繁体字，“言身一寸谢”是“谢”字的拆合；“千里重金钟”是繁体字“钟”的拆合。

岁岁长为客，

年年不在家。

见他挑李树，

思忆后园花。

这首诗是写游子思家。大意是：我长年在外出游，经常都不在家。看到别人家天伦乐趣，想到自己的妻子儿女及亲人。

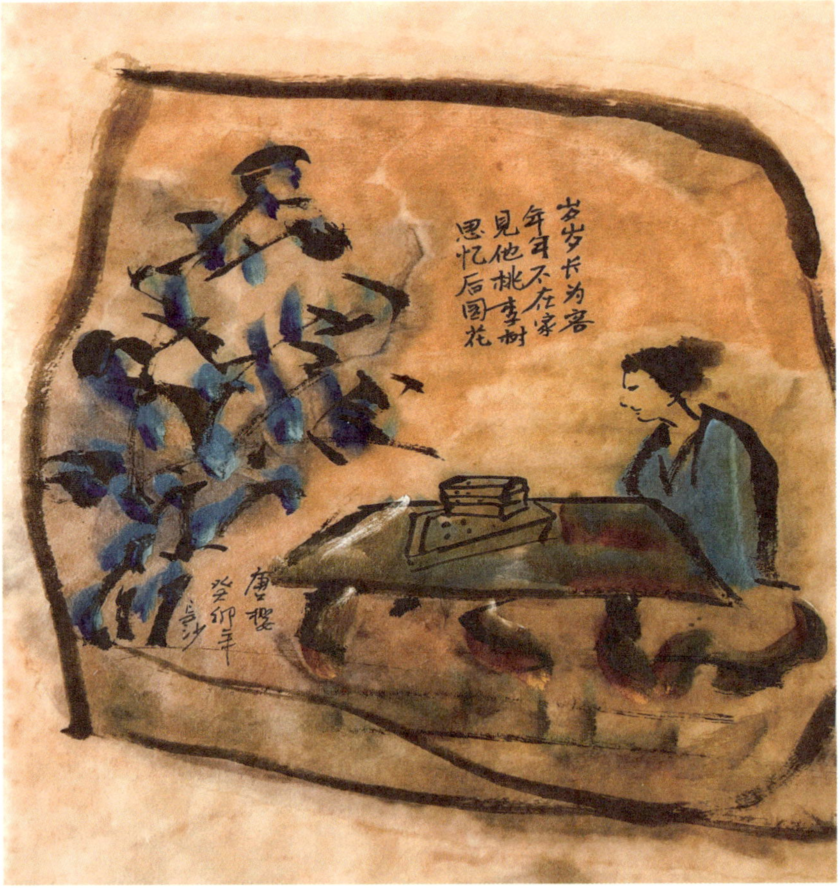

上有东流水，
下有好山林。
主人居此宅，
日日斗量金。

此诗为祝贺新居的应酬诗。大意是：屋前有汩汩流水，屋后有密密山林。主人入居此宅，每天黄金滚滚。

备酒还逢酒，
逃杯反被杯。
今朝酒即醉，
满满酌将来。

本诗凭直觉可以说是饮酒诗，但也有特定的内涵。前两句，主观上想要避酒逃杯，客观上却做不到，反而逢酒添杯。第三句，意为今朝有酒今朝醉。第回句，意为将杯子斟满了酒拿来，有多少喝多少，推波助澜。

万里人南去，

三秋鹰北飞。

不知何岁月，

得共汝同归。

这是首离别诗。大意是：我向南行时，看见大雁向北飞。不知何日，我方得如雁北归。系写兄弟关爱之情。

万里人南去
三秋雁北飞
不知何岁月
得共汝同归
唐樱
癸卯年
云沙

终日如醉泥，
看东不辨西。
为存酒家令，
心里不曾迷。

这是写饮酒的诗。大意为：终日间饮酒如痴如醉，醉后辨不清东南西北。因为行酒令的魅力，我心里没有不着迷与追求的。

小水通大河，

山深鸟宿多。

主人看客好，

曲路亦相过。

这是首写旅店客栈的诗。前两句是说，涓涓细流汇入大河，莽莽深山飞鸟群宿。后两句点题，店主接待客人热情友好，客人再远也来此投宿。

龙门多贵客，

出户是贤宾。

今日归家去，

无言谢主人。

这是一首分别诗。大意是：名门望族之家，进进出出的都是尊贵上等的客人，我作为地位低微的人，今天做客要回家去了，内心充喜悦，又有愧疚之情。

长门多贵客
出户是贤宾
今日归家去
无言谢主人
唐楼
癸卯年
长沙

春水春池满，
春时春草生。
春人饮春酒，
春鸟哢春声。

上联渲染环境，下联写人！春鸟比喻男子，喜饮美酒助兴；春鸟比喻女子，一展歌喉求偶！诗的大意是：春天的雨水，下满了池塘。春天的野草，碧草连天。在春天的大好时光里，男子劳作后饮着美酒。女子哼着优美动听的曲调，歌唱甜美的爱情。

春水春池滿
春時春草生
春人飲
春鳥哢

忍辱成端政，
多嗔作毒蛇。
若人不逞恶，
必得上三车。

这是一首关于人生格言的诗。大意是：忍辱方能成就事业，多嗔易怒是人生毒蛇，在他乡更加崎岖艰险，只能事事隐忍。

忍辱成端正
多嗔作毒蛇
若人不瞋恶

去岁无田种，
今春乏酒财。
恐他花鸟笑，
佯醉卧池台。

这是一首自嘲讽世诗。大意是：去年没有种庄稼，陷入贫困。今春想买杯水酒，也没有钱财。如今不只是躲避世人的耻笑，连花鸟也要网开一面，假装醉卧在池台边。

念念催年促，

由如少水鱼。

劝诸行过众，

修学至无鱼。

这是一首佛家诗。大意是：从早到晚，从年头到年尾诵经，依然像很少水流里活动的鱼，生命垂危。奉劝大家要重戒行，修炼“至无余”，方能抵达生命的尽头。

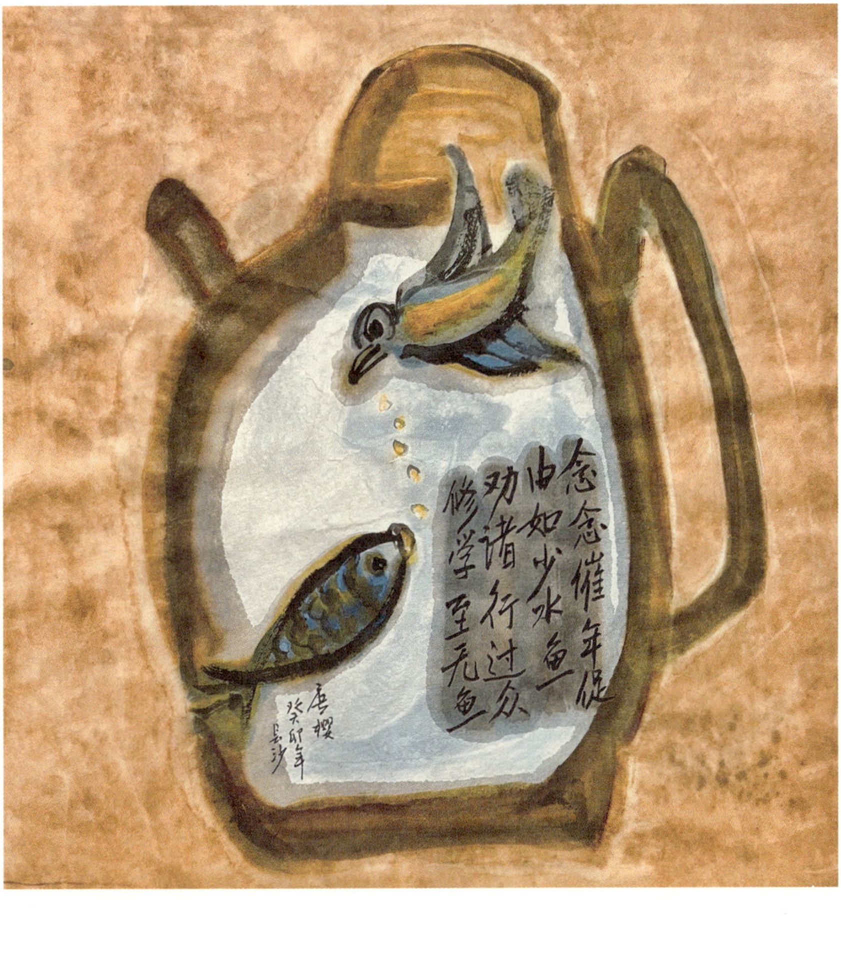

念念催年促
由如少水鱼
劝诸行过众
修学至无鱼
癸卯年
長沙

自从为客来，
是事皆隐忍。
若有平常路，
崎岖何人尽。

这首诗吟咏为人处世之道。大意是：家里有客人来，主人对待客人，事事处处都要克制忍耐。如果你怀有一颗平常的心，方可相安无事。但是，世上的路充满艰难险阻，没有人有一个完美的人生。

自从为客来
是事皆隐忍
若有平常路
崎岖何人尽

一日三场战，
曾无赏罚为。
将军马上坐，
将士雪中眠。

这首诗写战争、写战士情感。首句写战斗频繁，次句写战争打得好坏无奖无罚。但当官的骑在马上耀武扬威，当兵的照旧睡在雪地里，深感前途渺茫。

一日三场战
曾无赏罚为
将军马上
战士雪中眠
云樱
癸卯年

道别即须分，
何劳说苦辛。
牵牛石上过，
不见有蹄痕。

这首诗是送别诗。起头两句意思是：送别一个朋友无须唠叨彼此过去如何帮助照顾，说辛道苦。后两句意思是：对于自己帮助过的人，千万不要念念于心，而是要事如春风了无痕。

道别即须分
何劳说苦辛
牵牛石上过
不见有啼痕
唐樱
癸卯年
长沙

男儿大丈夫，
何用本乡居。
明月家家有，
黄金何处无。

这是一首教化诗。大意是：好男儿志在四方，应有一方新追求新作为。不用将自己束缚在本乡本土。大丈夫追求创新，不满足于过去。

男儿大丈夫
何用本乡居
明月家家有
黄金何处无

自入新峰市，
唯闻旧酒香。
抱琴酤一醉，
终日卧垂杨。

这是首叙事诗。大意是：走进新丰市，处处都闻到陈酒的香味。听着优美的琴弦，自酌自饮，昏昏如醉，在杨柳树下睡了一整天。

自从新蜂市
唯闻旧酒香
抱琴酤一醉
終日卧垂杨
唐楼
癸卯年
长沙

去去关山远，

行行胡地深。

早知今日苦，

多与画师金。

这首诗写王昭君出塞。上联写远离家国，下联写愁怨之苦。末句一笔化之，当初因为不愿给画师钱，才招致遗恨的痛苦。此诗以王昭君真善美的崇高形象，鞭笞画师的可恶和卑鄙！

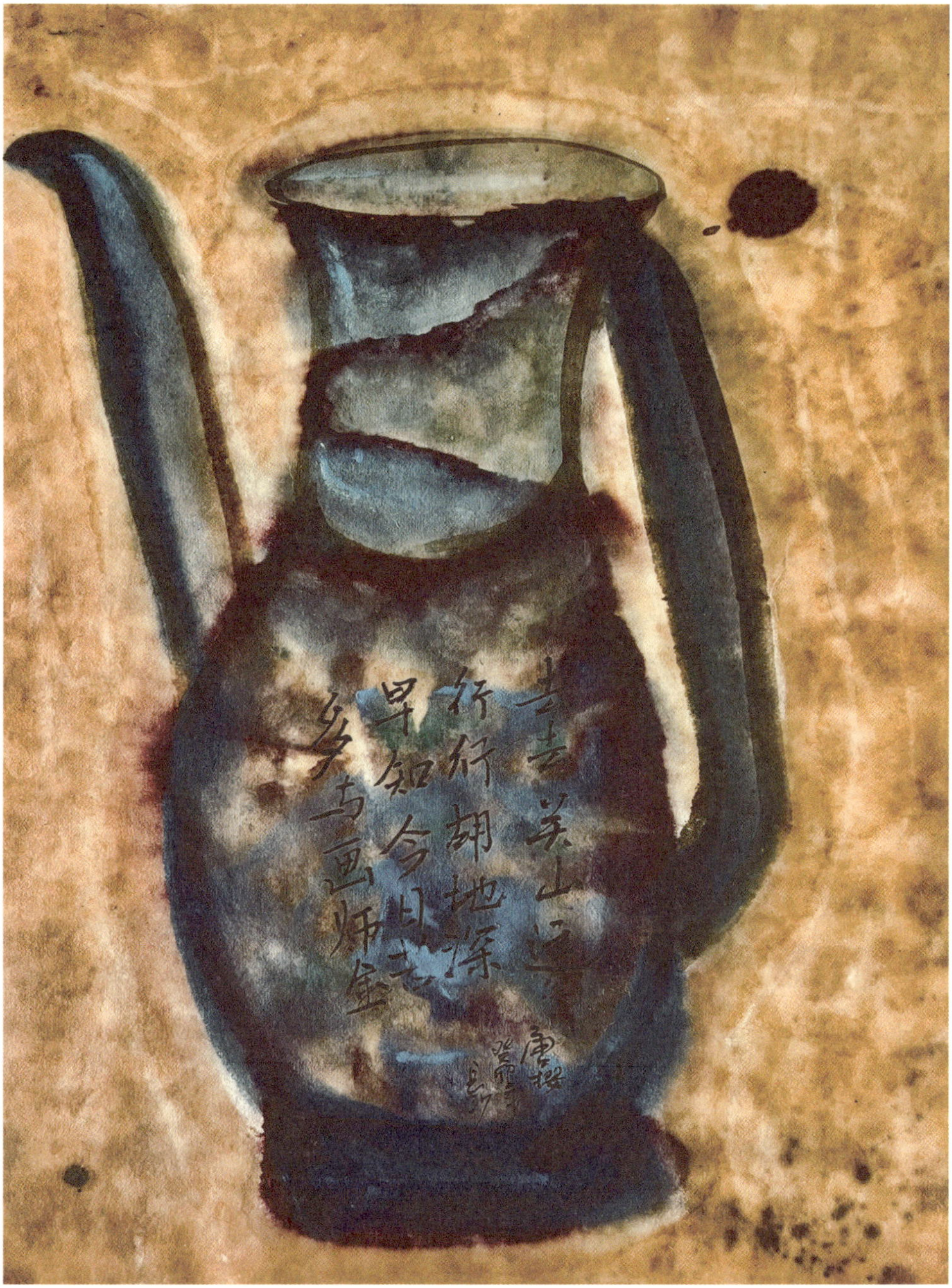
去去关山远
行行胡地深
早知今日苦
多与画师金

圣水出温泉，
新阳万里传。
常居安乐国，
多报未来缘。

这首诗借自然现象，点破尘缘世界。一二句，借温泉涌动，宣传佛缘因果。三四句，守住一方净土，自然就会抵达极乐世界！

自从君别后，
常守旧时心。
洛阳来路远，
凡用几黄金。

本诗写妻子对丈夫的怀念与规劝。前两句写妻子与丈夫分别后，相守初心不移。后两句写希望丈夫不管路途多么遥远，不管付出多大代价都应回家团聚。

自从君去后
常守旧时心
洛阳来路远
凡用几黄金

客人莫直入，

直入主人嗔。

打门三五下，

自有出来人。

这是一首教化诗，在于教人懂礼貌。大意是：任何客人到主人家去，不敲门直接推门进去，主人会不高兴。先在门口驻足，敲几下门，自会有主人出来迎接客人。

远送还通达，
逍遥近道边。
遇逢遐迩过，
进退随遛连。

这是一首文字游戏诗。大意为：远送还通行无阻，路边徜徉逍遥自适。相逢远近都能通过，进退相随留恋不已。

不意多离别，
临分洒泪难。
愁容生白发，
相送出长安。

这首诗是送别诗。大意是：从来没有想到过意外相遇又分别。这次分手特别难过，但又不敢声张，怕人看见。内心积存着愁苦，以至于生出了白发。尽管这样，还依依惜别将朋友送出长安。这首诗很可能是写一个政治上蒙难者与患难之交相逢相别的情景。

不意多离别
临分洒泪难
愁容生白发
相送出长安
唐樱
癸卯年
長沙

夜夜挂长钩，
朝朝望楚楼。
可怜孤月夜，
沧照客心愁。

这首诗写游子怀乡。大意是：夜夜弯月高悬，天天遥望故乡。可怜孤月惨淡，寒光映照着游子忧愁羁客的心。

闻流不见水，

有石复无山。

金瓶盛碎玉，

挂在树枝间。

这首诗是谜语诗，诗的谜底是石榴。第一句，“流”是“榴”的谐音。第二句，言明“石”字。第三句，说明石榴的形状，颜色、果实。第四句，点明谜底。

閘流不見水
有石复無山
金瓶盛碎玉
插在樹枝間
唐櫻
癸卯年
長沙

君生我未生，
我生君已老。
君恨我生迟。
我恨君生早。

从字面上看，此诗不难理解。在以男性为中心的社会中，两性交往男长女少，自不待言，此诗表现老少两代人的怨恨。

君生我未生
我生君已老
君恨我生迟
我恨君生早

君生我未生
我生君已老
君恨我生迟
我恨君生早

人归万里外，

心画一杯中。

只虑前途远，

开帆待好风。

这首诗写经商者的开拓精神和风险意识。前两句写经商者奔波于万里之外，每当住宿下来，常常邀杯自娱，心在杯中。后两句写人在兴奋的时候，心里也有忧虑和牵挂，船行千里，希望一帆风顺，生意成功。

主人不相识，
独坐对林全。
莫慢愁酤酒，
怀中自有钱。

这首诗记录了诗人获得意外满足的感遇。大意是：诗人初到，来不及入宅见主人，就被这里的山林泉石所吸引。不急于能不能买到酒喝而发愁，不论什么美酒，也比不上这样的美景。如果身上有钱，什么美酒买不到？

上有千年鸟，
下有百年人。
丈夫具纸笔，
一世不求人。

这是一首悼亡诗。大意是：上有神仙鸟，下有辞世人。亡者的后人不是没有文化的白丁，在社会上会独立自主，一生衣食无忧，不求于人。

上有千年鸟
下有百年人
丈夫具纸笔
一世不求人
唐樱
癸卯年
長沙

一双青鸟子，
飞来五两头。
借问船轻重，
附信到扬州。

此诗写传递书信之事，怀念家人之作。大意是：送信的使者，将信送到船上。问一问船还能载多重，我要捎封信到扬州。点明信的重要和珍贵！

一双青鸟子
飞来五两头
借问舡轻重
附信到扬州

一双青鸟子
飞来五两头
借问船轻重
寄信到扬州

海鸟浮还没，

山云断便连。

棹穿波上月，

舸压水中天。

这是首联句诗。前两句传说为高丽使者所作，后两句为贾岛所作。大意是：水面上飞翔的海鸟好像浮没在云间，两岸的群山因云雾似断开一般，随着船行却又连在一起。水中月亮的倒影，船桨一划就像被穿破了；行驶在水面上的船只，好像在天空中行走一样。

山云断便连
棹穿波上月
船压水中天

海鸟经还没
山云断便连
棹穿波上月
船压水中天

只愁啼鸟别，
恨送古人多。
去后看明月，
风光处处过。

这首诗写故旧上路的咏别诗。首句写不祥鸟鸣，令人悲愁。次句写送别故交旧识；后两句写亡者飞入月宫过神仙生活，看不尽的美好风光。

只愁啼鸣别
恨送去人多
去后看明月
风光处

天地平如水，
王道自然开。
家中无学子，
官从何处来。

这首诗抒怀言志。此诗赞美科举制、兴邦治国之道。家中不出读书人，就没有资格应试及第，没有资格做官。

天地平如水
王道自然开
家中无学子
官从何处来
癸卯年
长沙

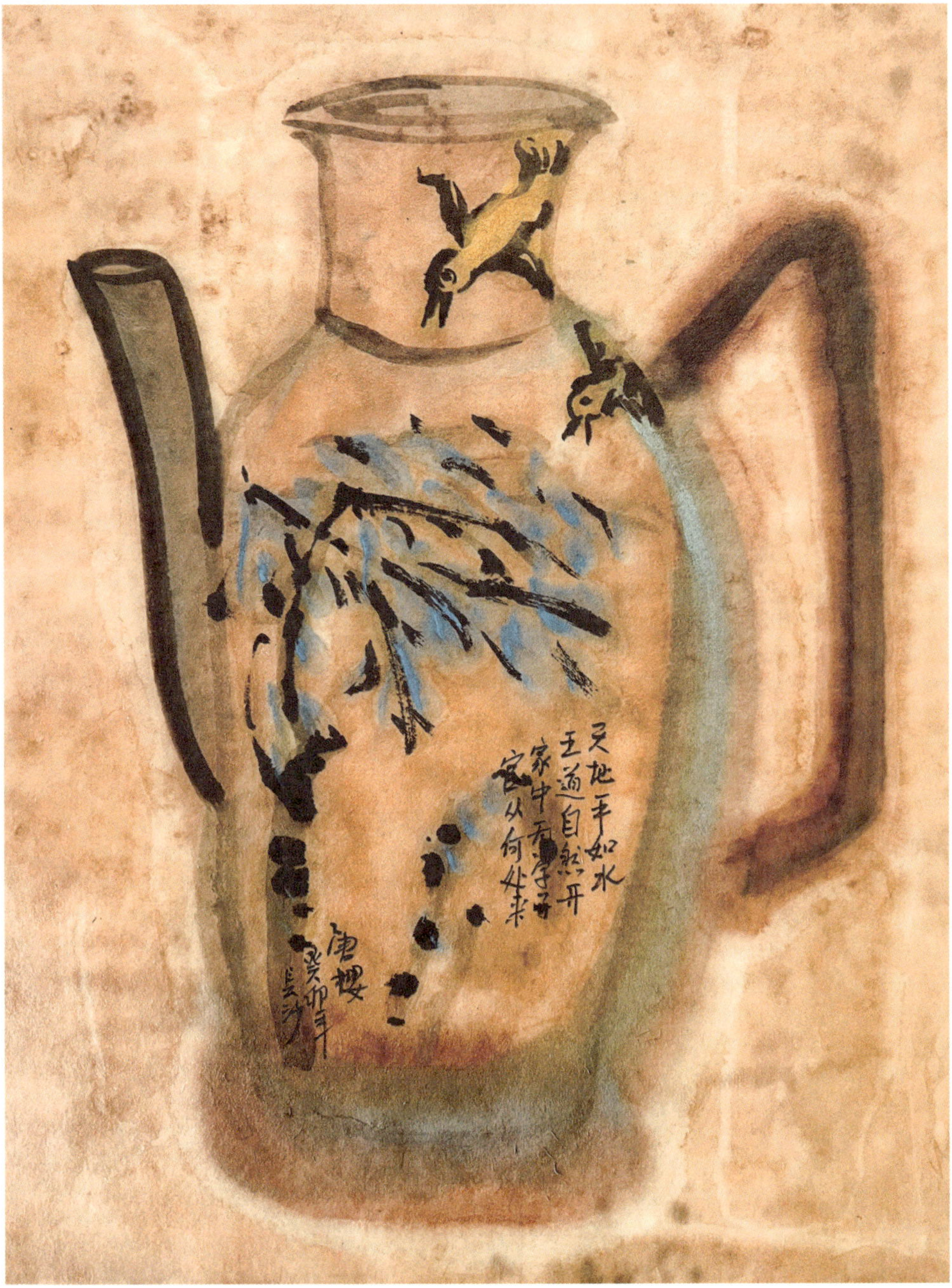

天地平如水
王道自然开
家中无学子
官从何处来
唐樱
癸卯年
长沙

忽起自长叹，
何名大丈夫。
心中万事有，
不愁手中无。

这是一首咏怀诗。大意是：某人突然站起来长吁短叹，什么是有作为的人？我学富五车，日子过得去，手中什么也不缺，要我为五斗米折腰办不到。

忽起白長呼
何名大丈夫
心中万事有
不愁手中无
唐樱

一别行万里，
来时未有期。
月中三十日，
无夜不相思。

这首诗是对远离家乡亲人和密友的怀念。大意是：人在千里之外，回来也没有确定的日期。一个月的三十天时间里，没有哪天哪夜不思念呀！

一别行千里 来时未有期
月中三十日 无夜不相思

鸟飞平无近远，
人随流水东西。
白云千里万里，
明月前溪后溪。

这是一首写景诗。大意是：鸟儿在平旷的原野上远近地飞翔，行人随着流水各奔东西。愿白云将自己的思念带给千里万里之外的朋友，愿那一轮明月载着我的愁思随着溪水去到友人的身边。

鸟飞平无近远
人随流水东西
白云千里万里
明月前溪后溪
庚樱
癸卯年
长沙

鸟飞平无近遠
人随流水东西
白云千里万里
明月前溪后溪

二月春丰酒，
红泥小火炉。
今朝天色好，
能饮一杯无。

这首诗有民间特色。大意是：初春二月，新酿的香酒，色绿香浓；小小火炉，烧得通红。今天天色尚好，能否一顾寒舍，共饮一杯？

红泥小火炉
今朝天色好
能饮一杯无
唐璎
癸卯年
长沙

红泥小火炉
今朝天色
长沙

自入长信宫，
每对孤灯泣。
闺门镇不开，
梦从何处入。

这是一首宫怨诗。大意是：自从进到长信宫，每每都对着孤灯流泪。长信宫中的门，紧闭着从不打开，我身体失去了自由，连梦幻也被隔离禁锢了。

每对孤灯泣
闺门镇不开
梦从何处入
唐诗
癸卯年

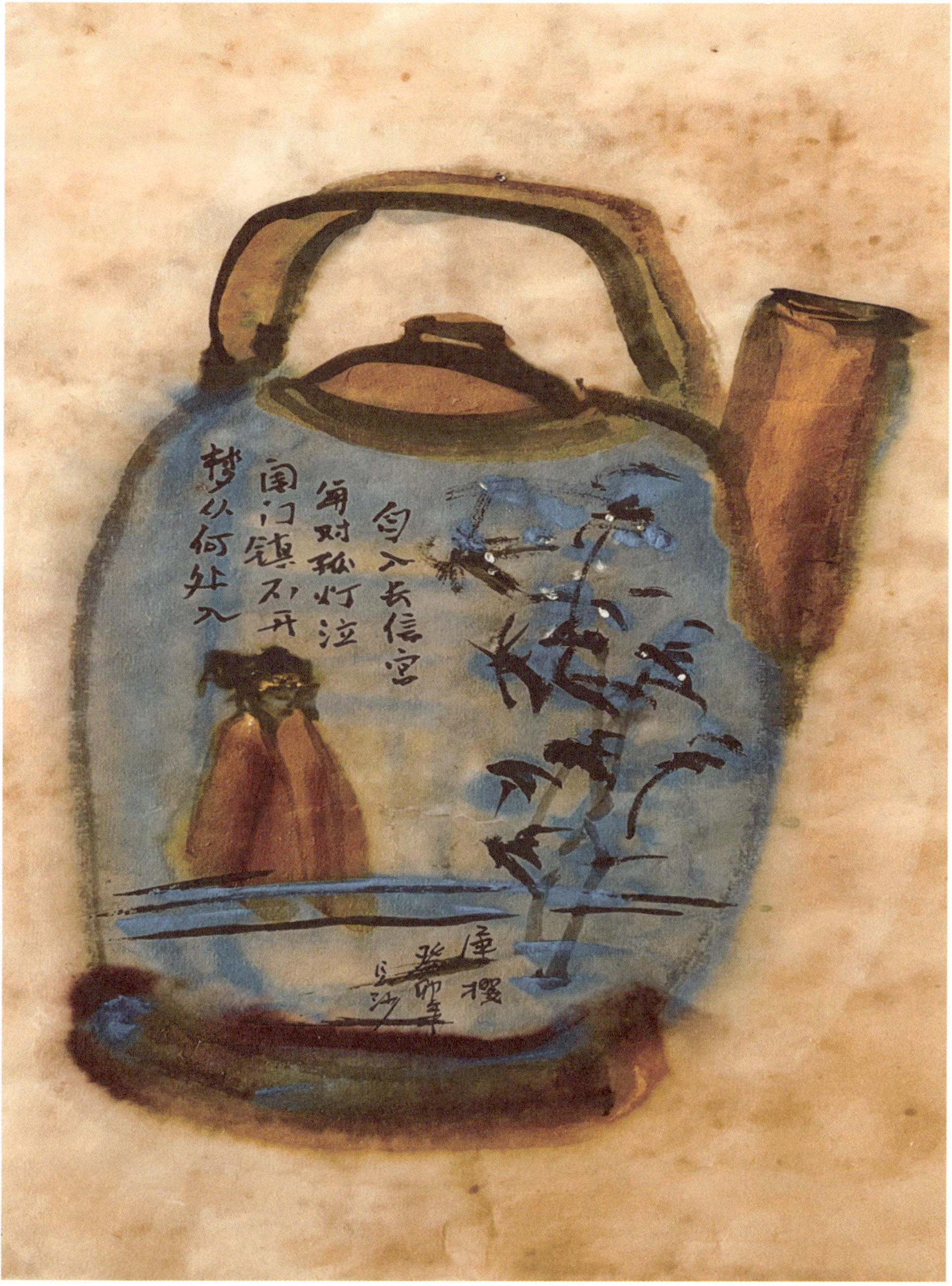
自入长信宫
每对孤灯泣
闺门镇不开
梦从何处入

我有方寸心，
无人堪共说。
遣风吹却云，
语向天边月。

本诗是妻子思念丈夫的诗。前两句：自己与丈夫别离后，独守空房，思念之苦，没有人可以诉说。后两句：妻子在苦等中，祈望晚风吹拂，将思念吹到空中的白云上，将肚子的话向天边的月亮倾吐。

我有方寸心
无人堪共说
遣风吹却云
语向天边月
唐樱
癸卯年
长沙

我有方寸心
无人堪共说
遣风吹却云
言向天边月

我有方寸心
无人堪共说
遣风吹却云
语向天边月
唐樱
癸卯年
长沙

日日思前路，
朝朝别主人。
行行山水上，
处处鸟啼新。

这首诗写行商的愉悦，休闲时追求清静无为的境界！一句写日复一日反思自己走过的路；二句写天天与主宰自己命运的主宰者告别；三句意为以求解脱超越；四句意为进入鸟语莺啼的新世界！

日日思前路
朝朝别主人
行行山水上
处处鸟啼新

日日思前路
朝朝别主人
行行山水上
处处鸟啼新
癸卯年
長沙

白玉非为宝，
千金我不须。
意念千张纸，
心存万卷书。

这是一首抒怀诗。大意是：洁白无瑕的美玉，不是不把它视作宝贝。价值千金的财物，不是不需要它。在我的意念中，究其一生要与书为伴，万卷书要烂熟于心，知世明理比黄金还贵重。

白玉非为宝
千金我不须
意念千张纸
心存万卷书

白玉瓶为宝
千金我不须
意念千张纸
心存万卷书

白玉非为宝
千金我不须
意念千张纸
心有万卷书
癸卯年
长沙

后　记

那一年，我陪省市的几个领导到望城调研铜官窑，记得当时阳光灿烂地照着，仿佛有股力量洒在人们身上。大多数人都躲着这灼灼的日光，只有知了在为烈日呐喊助威。

小车在离铜官窑还有三里地的地方停下，等待我们的是铜官窑临时机构负责人。他们说，前面不通车，只能步行。一路走来，他们在汇报有关铜官窑的事情，仿佛跟我无关，我们沿着萱草丛生的湘江河堤走着、看着。静静流淌的湘江对我们视若无睹，水草丛的小鸟时不时发出鸣叫，正在吃草的水牛偶尔抬起头望一眼陌生的我们，也没有任何表情，低下头继续它的青草事业。

当时，从长沙到望城再到铜官窑，对于他们所说的铜官窑，我似乎没有什么特别的感受。当到达满眼尽是残瓷碎陶的世界时，我惊讶了，脚不敢踏上去，怕踩痛了它们。

从那时开始，我断断续续地研究和寻找资料，到现在长达十年。据陶瓷专家得出的结论，这些尘封的、完好无损的窑是属于大唐时期，既然是大唐，就得从阅读大唐的历史开始。《前唐书》《后唐书》，等等，凡是有关唐朝的任何记载，我都不会放过。于是萌生了要了解铜官窑是什么时候湮没于历史长河中，变得无声无息的问题。

当人们再次拂去时光的尘埃，却不认得它们是谁，在史籍中找不到对应的窑口，就是说，找不到它的父母是谁，就被专家们当作“流浪儿”对待。直到 1998 年，在印尼勿里洞岛海域，装载着 67000 余件瓷器的沉船“黑石号”被打捞，56500 件是长沙铜官窑瓷器。其中一件瓷碗引起了专家们的高度注意，这一只瓷碗的碗底处写着“湖南道草市石渚盂子有明樊家记”。草市石渚，就是现在湖南望城铜官的石渚湖。

俗话说：“史志虽不载，史实永长存。”这一重大的发现，让流浪的孩子终于有了身份，就成了中国陶瓷的天空里闪闪发亮的星星。

前面提到的铜官窑是在什么时候湮没于历史长河中的呢？像是一夜间人间蒸发。在唐朝历史上发生了什么战乱呢？连外国商人都没有放过。那便是“黄巢起义”了，在中原起家的黄巢，来势汹汹，发展迅猛，接连攻下了开封、信阳、阜阳等地，准备攻占洛阳时，大唐派足了兵力，等着黄巢。黄巢得知后，选择了避其锋芒，积攒实力，转战江南，不费吹灰之力就攻占了广州等地。这时候的黄巢军事实力强大，准备攻打长安城了。途中经过潭州、江陵等地，黄巢一路攻城略地。传说攻打潭州时，颇费了一番精力。铜官富庶，是大唐的经济重镇，黄巢自然不会心慈手软。而铜官窑这边也做好了准备，封了窑口，转移了外国商人，在窑背上盖上了绿叶杂草。

也许是黄巢急于攻打长安，没有仔细搜索便领军北上了，铜官窑并没有被翻出来。后来战事不断，民不聊生，人们逐渐遗忘了那一窑一窑的陶瓷器皿，也让它们从唐代沉睡到如今得以幸存。

之后我又想，到底是谁在牵搭外贸这条线，使铜官陶瓷走出国门呢？这是我要翻阅唐朝历史的原因。外贸出口，是极其严密谨慎的事，程序复杂，并非普通人能做到。从当时这里的环境来说，铜官水路便捷，出湘江，过洞庭，到长江。但比起浙江、福州等地，运输路线并不是最优路线。这个问题一直困扰着我。听有关专家说，长沙铜官窑的陶瓷器品种非常齐全，壶、瓶、杯、盘、碗、碟、砚、盂、坛、炉、枕等样样齐全；还有专家说，长沙铜官窑注重作品创新，开发了釉彩，开创了模印贴花，发明烧制铜红釉等，这些只能说明长沙铜官窑的陶瓷好。陶瓷自己没有长脚，没有翅膀，那么是谁在订货、谁在运输呢？我现在是要寻找为陶瓷插上翅膀的那个人。

后来在一本《全唐文》上看到一个名字，使我眼前一亮：他就是长沙王李恪，唐太宗的第三个儿子，生性刚烈，智勇双全，唐高祖武德七年被封为长沙郡王，贞观七年授齐州都督之职。也许长沙王李恪或是他的后人将不靠海的长沙铜官作为唐代的“海上丝绸之路”的一环，让铜官陶瓷远销海外。

那么，又是什么样的船舶来承载这些陶瓷呢？船又来自哪里？

看遍了研究铜官窑的专家们的研究成果，其中并没有提到陶瓷要用什么样的船运出去。特别是那时候的八百里洞庭，名副其实。要穿过洞庭湖可不是件容易的事。我又找到了有关古代造船的书籍来看，最后看到郑和下西洋的船舶比较靠谱，那都是朝廷造船厂制造出来的。

特别是阿拉伯商人，他们到中国来交易陶瓷制品，他们的人是骑着骆驼穿越戈壁沙漠来的。回去要走水路，陶瓷经不起颠簸，无法走陆路。船从哪里来？这件事困扰着我。

于是我沿着湘江，逆流而上，到达湘潭、株洲、衡阳、永州，一路寻访，查找当地地方志，费了一些时间，也没有找到我想要的结果。又是偶然的机会，我带着长沙作家到武汉参加“三江笔会”，在长江的游轮上，一位老人听说我们是湖南长沙湘江边上来的，他立即问，湘江边上的乔口还在吗？我告诉他，乔口现在是一个古镇，变化很大，也很美，有“乔口渔都”之称。

老人说，民间有句俗话“汉口叶开泰的药，乔口任万泰的船”，乔口造船业发达啊。我一拍额头，这不就是我要找的吗？原来大唐的造船厂在乔口啊！

写这本书的目的就是自己出题，自己解惑，没有别的意思，感觉还有欠缺，于是画了百来幅画，应景一下，方便读者在翻阅时不无聊。

本书画作中的诗词均为本人抄录自铜官窑陶器之上，部分诗词稍与名家原著不符。本书以画作为准，不符之处不再做修正。

人活在这世上，所做的每一件事都不是孤立存在的。真诚感谢给予支持的文友们，感谢望城区委宣传部和区文联的支持，特别感谢的是著名书画大家曾晓浒老师，他生前为本书题写书名，希望万能的文字能将我的谢意传递给他！

唐樱

2023 年 7 月 19 日